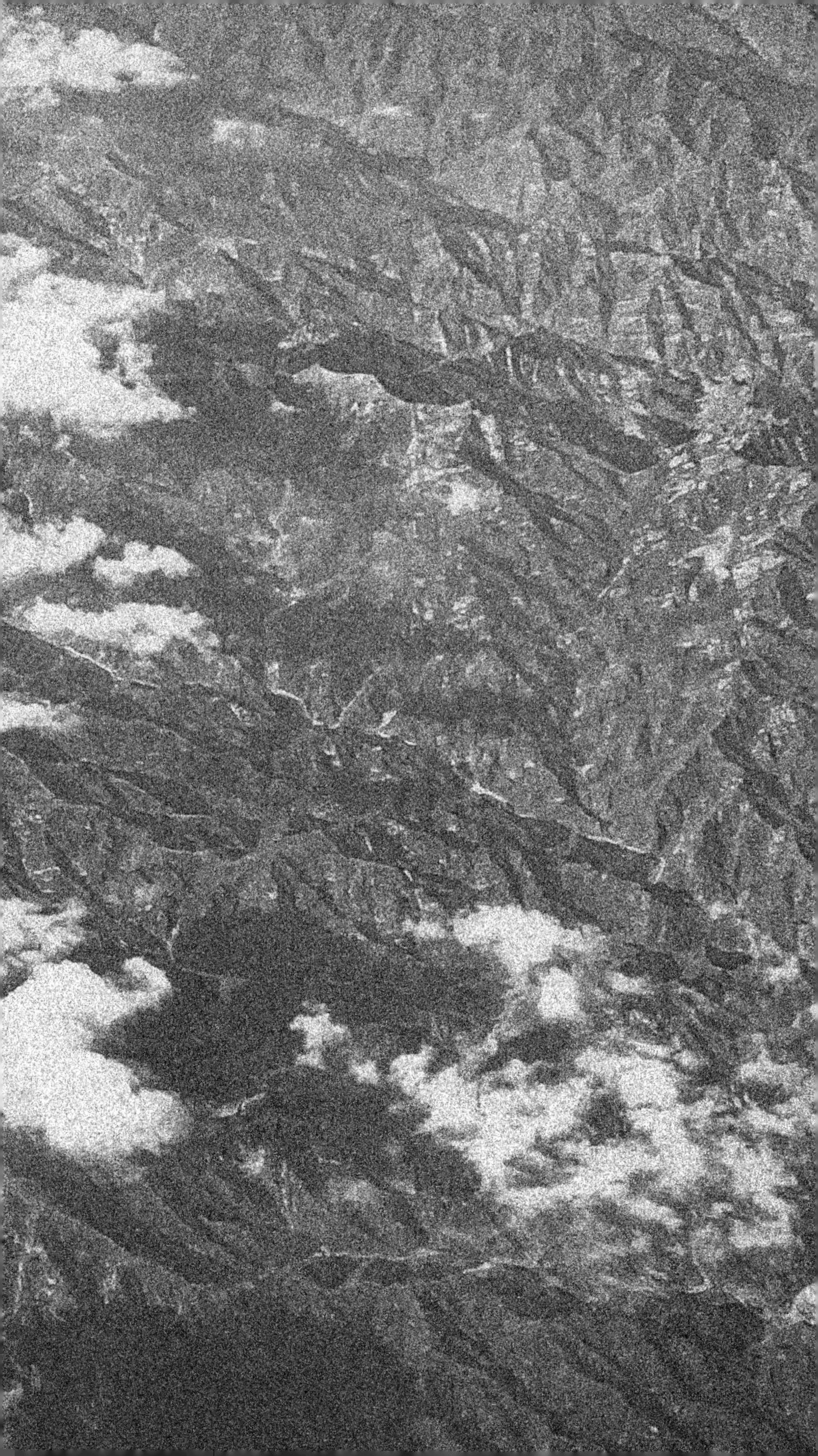

下垂的时间

王峰 著

广西师范大学出版社
·桂林·

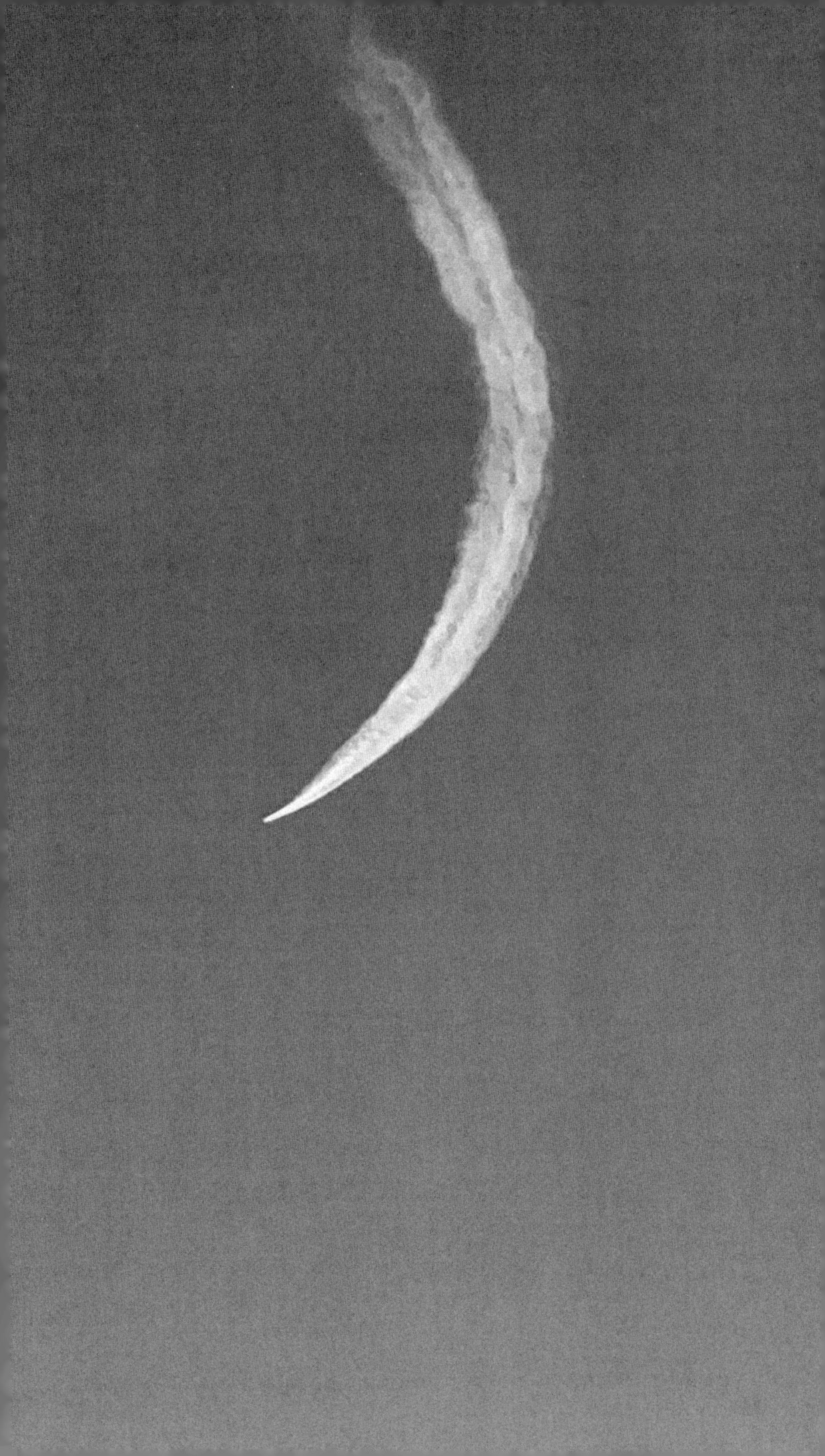

序一

创造一种属于天空的语言

张清华

一

某年某月的某一天,在三万英尺的高度,一只鹰正飞翔在云层间。身下是变得平坦和辽阔的万壑千山,夕阳如血,他俯身准备下降。

但一瞬间,他的心被什么触动了,于是就有了下面的这些句子。

云头高悬,一束光
俯瞰大地

没有一个人,一匹马,一垄庄稼

仿佛人间
繁华褪尽

平心而论,这些句子是好的。但也只是通常意义上的好句子,并没有让人心里一惊，或是怦然一动。它们所有的特别之处，集于一点，就是简约、干净，没有比这样的句子再简约和干净的了。

但接下来的就不一样了，他好像陡然接通了什么，好像想起了三千年前的某个人，那个"行迈靡靡，中心摇摇"的人，那个遥问"悠悠苍天"的人；想起了那个感喟"古来圣贤皆寂寞，惟有饮者留其名"的人。于是就有了这样的句子：

只剩万古愁
在一条河里波光粼粼

已有的高阔，瞬间变得深远。

这只鹰的名字叫王峰，这首诗的名字叫《所见》。他不是败落的贵族，也不是恃才傲物的李太白，但他也有万古愁。

令人感慨的是，如此深远的意绪，竟然用了如许简明、简约和简单的词语。他凭什么一下迈过万水千山，一下越过了那么多古来圣贤的前世今生，将自己的心绪，系到了那个自天上而来的谱系之中？

二

去载夏日的某个夜晚，疫情稍歇。诗人欧阳江河和我，还有王峰，坐在机场附近的一家酒店里，伴着飞机起降的轰鸣声，几杯小酌之后，意绪渐起，遂谈起了王峰的诗。那天天气特别好，心情也爽朗，谈得很嗨。而且话题不觉便集中到了王峰诗歌中的一个特有元素，便是天空，天空的语言。

当然是明摆着的事情。王峰是个出色的飞行员，飞过战斗机，如今飞民航，是个年轻又资深的机长，有无数次的飞行经历，诗歌中自然有了这特殊的视角——常人所很少"真正经验过"的天空。而欧阳江河，从来都是一个精神意义上的遨游者，一个毕生坚持无照飞行的人；而酒后的我，也煞有介事放马南山，想象自己也"飞"了那么一小会儿。

你可能不以为然。认为飞机常坐，有时还靠窗，凭窗远眺，也看到壮观的云海，与蔚蓝深空，好像没有什么稀奇。是的，没什么稀奇。一旦升到云层之上，我也有同样的感受，就是幻灭感——那些自童年建立的想象之物，都失去了依托。天上的诸神与宫阙，究竟安身何处？那些奇幻的传说，属于天空的神话，似乎都被直射的太阳，在瞬间一一戳灭了。

所以，"创造一种天空的语言"，近乎一种幻灭后的重建，这可不是一件易事。

有人会说，天空的语言早已存在，屈子的《天问》已有两千多年，东坡的"不知天上宫阙，今夕是何年"也已千载有余。但这种古老的话语，是人在大地上，以"仰望"的方式建立的，是充溢着神秘与魅性的语言，它们与俯身向下的飞行，置于重云之上的俯瞰，所生成的人间感慨，完全不是一种东西。

请看看这些句子：

……瞬息之间
每一片云都在与世长辞

……寂静，传递着无色的寂静
通过沉默而饶舌的烟缕
最后，诸神赶走酩酊的落日
大口喝下满溢的黑暗

……我喝酒赋诗，我琢磨生死

每夜我都在虚构里走失

以上分别是《每一片云都在与世长辞》《天空之杯》和《在虚构里走失》中的句子。它们所表达的，不是魅性与神秘之感的生成，而是对那些想象与幻象的破解。除非是在天空中俯视人间，不然不会有这样的感受。

我常常想，人类的飞行史虽然还很短，但是它所产生的新视角，对于过去数千年的文明史与语言史而言，已经构成了一种改变，这种改变是对称、矫正，甚至抵消。就像人类在太空所拍下的地球的图景，还有"旅行者号"在飞出太阳系最后一刻，在回望中的那一粒渺小的光点，由它们所引起的震撼一样。科学改变了我们对宇宙和世界的看法，也置换着我们对自己的看法。

从这个意义上，王峰的诗歌也是一种新的语言经验的创造，它所产生的形象与想象，也构成着我们的话语改变与改造的一部分。

三

2000年冬，我在巴黎的卢浮宫里，近距离地看到西班牙当代画家萨尔瓦多·达利的一幅画。这幅画的名字叫《十字架上的基督》，画的尺寸并不大，高约一米半左右，宽则半米稍多，但它带给我的视觉震撼，却有一种强烈的晕眩感。

它不是像无数前代的画家那样，呈现一个被仰视的耶稣，而是变成了一个从空中俯视的受难者。他悬浮于空中，头颅痛苦地低垂着，双手被钉在十字架上，他身体的下方，画面的底部才是晦暗的云层和依稀的天光。显然画家是以"悬停"于上方的角度，来审视他的主人公的。我像一个站立在百米悬崖之顶向下俯瞰的人那样，获得了观赏这幅画的角度，不由我不晕眩。而且，布展者是刻意凸显了这幅画与众不同的视角，不是将其悬挂于视线上方的墙壁，而是将之安放于地面，以便观众以俯视的角度来观赏。

我用了许多年来回忆和思考这幅画，终于想明白：达利是用了圣父，或是圣灵的角度，或者是化身为他们中的一个，去观看他自己受难的肉身的。达利用一幅画，分解了三位一体的神话，也画出了这个星球上最不朽的悲悯。

而此刻，我忽然想，为什么是达利，而不是两百年前的那些伟大的画家们？

因为他们还没有获得从天空俯瞰的经验，两百年前人类还没有进入飞行时代，他们的语言还只有"仰角的话语"。

而王峰正在大量地为我们生产着"俯视的话语"。

"风里有些小道消息／没有誓言／有时候它会跳下悬崖／打劫一只无辜的鸟／／空中我也经常会被／推来搡去／搜遍全身／风当然是一无所获／风能够上天入地／盗引灵霄宝殿的锣音／沉入井底荡起／一圈圈美妙的细纹"。这首《风说》是一个飞行者的目力所及，所看到与想到的，他骄傲自己有俯瞰万物的高度，同时也会像一只鸟一样，经历风雨气流的颠簸，与浩瀚虚空中的幻灭。但尽管如此，他依然获得了一种看待万物的高度：

> 我更喜欢风说的苍茫
> 在碑石弥漫的旷野中
> 富人不富
> 穷人不穷

这最后的几句，可谓"抹平了"人间的一切不平。从一个飞行于世俗世界之上的角度看来，大地上除了依稀可见的坟墓与碑石，还有什么肉身意义上的悬殊与区分？

我看见了类似达利的那种悲悯，当然也是类似神灵的悲悯，没有那高居云端的视界，如何能够产生出这样的"无差别"的境界。也犹如佛家和道家所见，在永恒的消亡与寂灭面前，人世万象的一切，亦无非是一个"归一"，来自大荒的幻象。

四

仰视的话语与俯瞰的角度之间，到底有何不同，我一直在思考这一问题。

20世纪80年代有许多仰望星空的诗人，海子留下的《太阳·七部书》，应该是其中的代表作品。海子创造了一种在汉语里非常稀有的情境，他将希腊神话中、古代佛教文明中的许多思维，引入了汉语之中，成为一种带有"准巴别塔"性质的"拟人类话语"；同时，他又通过大量融入本土文化元素，使之显示出强烈的母语性质。这些特点十分复杂，不是我这里可以讨论清楚的，但是这些特点，也曾以灵光突现的方式，绽放在《祖国（或以梦为马）》这类抒情诗中，变得更直接和感性。它是以"拟众神话语"的方式，写出了一个由大地升入天空的主体的感受。

显然，海子的话语是作为大地之子，与作为"受膏者"的内心激情所驱动的产物，他是人子，但又有英雄乃至"半神"的万丈雄心，所以，他所创造的天空话语是充满神启与魅性的。他也有翱翔九天的一刻，但那不是基于经验，而是超验的赋形。他只是在大地上选择了一个高度，来建立他话语的坐标："以梦为上的敦煌——那七月也会寒冷的骨骼／如雪白的柴和坚硬的条条白雪，横放在众神之山""和所有以梦为马的诗人一样／我也愿将自己埋葬在四周高高的山上"……海子的地理高度，是

"雪山"和"高山"的高度，他的天空形象，依然是基于"仰望"的。

海子创造了"现代主义话语之前"的语言奇迹，但也终结了这种话语的可能性，因为他的高度，无人可及。

除非转换视角，天空话语的可能性无法被再度打开。

我自然知道，王峰并非专门为观念写作，甚至也不曾想到过这些复杂的前缘。作为一个俯瞰者，他只是忠实地记录了自己的感受；同时也因为他的诚实和宽广，而获得了一种鲜明区别。海子是以天空和神祇为镜，反向照见人间生命的壮怀激烈的；而王峰，则是以天空为眼，直接照见了人世生命的百感交集。一个有不可遏止的神话和升华的倾向，另一个则是不由自主的祛魅与去蔽。

"……云习惯使用内力/震击路人的虚妄//让前程滚烫/让归途悲凉//不管是披雪的狮子/还是赶海的羊群"——

只要一阵风吹过
小路即可坍塌

像一根烛火的死灭

这是《云间小路》一首中的句子，是一只常年领略天空奥秘的鹰所能够说出的话。他与大地上人子的幻念与仰望，判然而不同。这其中的虚空、虚惘、虚妄的感受，只属于一只睿智而疲惫的鹰。

五

作为诗人，王峰不是自来的感伤主义者，也不是天然的虚无主义者。

我注意到，他的人生态度的积极，反而是无以复加的。他保持着鹰的强健与强悍，旺盛的意志，搏击运动员的体魄，内心的阴云在他充满阳光的人生中，或许只是一闪之间。但这一闪，却赋予了他的语言以神韵和灵魂。

还有一种解释，或许更有道理，也更符合实际，就是王峰的内心世界中，有另一种高尚的东西。因为虚无虽然深刻，却不高尚，就人格气质而言，我以为王峰有更多对高尚之物的追求。所以他的诗中，便多了一种可贵的禀赋，就是"航渡者的慈悲"。

这是近似于佛家的一种品质。当然，也符合他的现实身份，作为飞行者，他每天的快乐与价值感，也来自于他将那么多的乘客——也是天地间的过客们——平安地航渡到他们的目的地。这种自我体味与认同，与他的天空经验一旦混为一体，便成为一种美与善的情愫。在《山水兽》和《让人间多睡一会儿》这两首诗中，他分别写道：

　　……它们有空门僧众的自在
　　它们有红尘凡俗的豪迈

　　……黎明，迟迟不肯走下云梯。是想
　　让疲惫的人间多睡一会儿

也许，这是一天中最后的一趟航班，或是刚刚经历了一场大面积延误之后的深夜飞行，即将抵达时，天已近拂晓。他自己也带着满身的疲惫，但却并无怨怼，而是看着周身那些形态多姿的云层，身下一片安宁和静寂的人世，发出了这样的祈愿。

在佛家看来，悲悯是人心的最高境界，当然也就是诗歌的至高境界。但真正的悲悯，是先天的高贵和后天修为的共同结果，是自然的流露，是"装"不出来的。王峰诗歌中的善与美,在当代诗歌中显得十分罕有,这令我意外。他常常处在这样的一种自我解释之中,在《主题》一诗中他说:

"对于月亮／圆是意外／缺才是主题／／对于地球／起飞是意外／降落才是主题／／对于火焰／燃烧是意外／熄灭才是主题／／对于春天／盛开是意外／凋谢才是主题／／对于生命／诞生是意外／死亡才是主题"——

对于你我
我是意外
你才是永恒的主题

先人后己,在我们的生活中已变得很少见,而贪婪地拥有所有"意外",更是多数人的人生规则。但在王峰这里,他却清晰地知道天地之法的不可逾越,而且具有了节制与舍己的"一炬之火,照百千人"的境界。

六

王峰的诗中,还有很多可贵的质地。比如强烈的现实感,这一点更弥足珍贵。奥林匹斯山上的众神兀自逍遥或偷欢着,他们有着人类的种种弱点,却只是当特权来享受,他们很少关怀到人类。而飞行于人世之上的王峰,却时时从天空的幻象中,透视着人间的悲欢与不平。云散云聚中,他所看到的是人世的百态,也在其中蕴藏了忧心。

"在一阵风的率领下。退群的云／一朵,两朵,三朵／又重新上线"——

绵羊的平民群
狮子的贵族圈

它们聚众吊挂在遥远的天边
晃动着天际线

只是用了一两个敏感的比喻,就获得了丰富的现实指涉力。这首《在一阵风的率领下》看似云淡风轻,却把现实中大大小小的风云暗涌,形形色色的诸般世相,微妙地传递出来。语言简约到只稍加点染,可世道人心与世事变幻,却早已汇聚纸上。

而且可贵的是,王峰对世界的思考,几乎从不以观念化的方式来传递,而总是以不动声色的静观,以细微多变的形象来呈现,有时甚至会变为活跃的无意识。像这首《下垂的时间》中的句子:

如果飞得再高一点的话
天空就弯了

像遇到下垂的时间

多像是达利名作《永恒的记忆》中的情景。一枚时钟挂在了类似洪荒背景中的一根枯干的枝杈上,变成了软体之物。"下垂的时间"、弯曲的天空覆盖了整个画面。这些感受都是来自经验的幻感,但在王峰笔下的出现,却是如此自然。而且,它不是暗示着飞行者对世界的臣服,而是奋力的挣扎——"下垂的时间如弯刀 / 斩弑理想和抱负 // 只会把你我 /

一生的孤独/刻进不足一米的悬崖"。这个悬崖我确信,就是从机长的驾驶位置向下,所看到的悬空机身的尺度。这种感受除非身临其境,否则难以想象那种"悬崖之上"的孤单与虚空感。

读到此,我甚至由衷生出了一种悲悯与敬重,因为我忽然感到,这只鹰虽然与一只庞大的飞行机器绑在了一起,却也只有孤独的飞行。

七

几年前,我曾读到王峰的前一部诗集——《天际线》。在那本集子中,他早已显露了天空经验的富有,还有不俗的表现力。但那时的王峰还远没有现在这样老到,他的句子的感觉,也远没有现在这样敏感、松弛和恰如其分。而在这部《下垂的时间》中,他的语言已然如化蛹为蝶,变得远比此前丰富和有料。

种种迹象显示,王峰的写作,确乎出现了一个质的飞跃。

他创造了许多独属于自己的词语——"云宙""云田""山水兽",他在天空中"看到迷路的野花/看到奔跑的孩子/看到虫豸/看到鹰隼/看到宽阔的墓地"(《蓝色冰激凌》),看到"巨鲸过海""病虎入林"(《形容词》),看到"日落西山/天空交出整个夜晚",看到"一只大乌鸦//统罩全部/一声不吭"(《乌鸦》)……这些语言背后的令人会心的隐喻,丰富的信息与指涉力,这些生命流动中绽放的细微与壮观,都给人留下深刻的印象。

我还注意到,早先王峰的诗中,常喜欢满足于意象的奇警和语词的机智,但在这部作品里,那些形式的趣味,则渐被内敛而沉入的人生感悟所取代,被准确和尖锐的生命经验所点石成金。那些散发着生气与活力的意象中,渐渐多了衰败、幻灭甚至死亡的成分。比如还是这首《蓝色冰激凌》,他"透过天空放出的临时小路""透过雨水的另一面",在一连串丰富景致之后,最终所看见的却是——

> 看到蓝色冰激凌缓慢消融的瞬间
> 荡涤着人间最美的遗址

这一个"遗址"中,几乎消隐和同时包罗了万有。我惊讶这个看似轻逸的收尾,蕴含了太多的叹息,与无尽的意味。

显然,在词语的老到背后,是生命经验的照亮与投射;在警言金句的缝隙间,是人生体悟的升华与黏合。再看这首《青天的远郊》:"……凝视侧窗/两朵白云彼此刚刚抱紧/瞬间又从对方的身体里逃离……//这些无情的事物都来自哪里呢/没有姓名,也没有背景。但是/皆能熟练转动时间的金匙"。还是时间,仿佛一块巨大的磁石,王峰诗中的意象、意绪、主题乃至词语,都因之获得了一种鲜明的秩序和向心力。

> 可以随意召回古寺寂寥的钟声
> 可以任性拔出棺椁锈住的长钉

甚至有了几分残酷。这古寺、钟声,棺椁的长钉,与先前的墓地、遗址,都指向寂灭与虚无,这只鹰真切地看到了这一切。

但仍然是在翱翔中。不要忘了,他是在一万米的高空。

八

其实说到底,好的诗所需要的东西并不多,因为多了也没用。严羽说,"诗有别才,非关理也",至少在王峰这里是适用的。有更多的知识,更多的见识,只是能够帮助有诗才的人,却不能够直接生出好诗。这也像冯至诗中所写的——"在漫长的岁月里忽然有/彗星的显现,狂风乍起"。只有灵感与形象、思想与直觉的突如其来的完美耦合,才会产生出真正动人的诗句。

当我读到《蝴蝶的骨骼》的时候,我确信王峰在一定程度上已接近了这样的境界。这是直觉形象在语言中刹那间的生成,如同乌云中的一道闪电,获得了不可预期的形态,也获得了意料之中的一次性的生命:

> 我终于看到,蝴蝶拥有
> 火焰的翅纹

> 在一个深秋的黄昏/卧在天际/像被晨露打散的一抹炫彩//这并不是庄子的蝴蝶/而是空中镉着金子的流云/它用触须拨开无限的辽阔/描摹夕霞的斑驳

还有什么幻变中的蝴蝶,比这一只更叫人触目惊心。在黄昏的积雨云中,在浓墨重彩的金色晚霞中,它像一只莫须有的灵感的蝴蝶,从乌云中化蛹而出,正翕动双翼,引发天地间的一场风暴——

> 在割草机卷起的漫天风暴中
> 它拥有了一副闪电的骨骼

这只鹰路过了一场风暴的边缘。他清晰地看到那里的诡谲的氛围,与令人心惊的激烈,但幸好,他是一个旁观者。

王峰的收尾,总是如有神助,有着神来之笔。一只蝴蝶有了伸缩无限的奇妙张力,有了在现实与幻觉中自由穿行的庞然之翼。显然,王峰的天空话语,已经出现了某种令人会心而着迷的境界,他从古往今来的哲学之变与认识论的古老命题中，看见了自己的一帧神思的镜像。

多好啊，王峰还值得期待。他仅靠灵气写作的状态，正在渐渐被更深阔的读与思，还有与天地精神往来，与古往今来的圣贤哲人的修习对话，所取代。

所以他才有了如此令人会心而着迷的境界。

九

话题或许已经太多了，我须要尽快打住。

我想说，读这部《下垂的时间》的过程，让我想起了很早之前西川的一句诗——"必须化作一只天鹅"。那是他在20世纪90年代之初的一首《十二只天鹅》中的句子，有"见贤思齐"的意思。假使我们不能化作一只天鹅，便不能追随，也不能真正理解那壮观而美妙的飞行。至少于我而言，读王峰也有了一种类似飞行的体验，必须要让自己变得高阔起来，才能够体味那其中的散淡的高远，那出世的豁达，想象那种居高临下的一览无余，具备那种宽广仁和、充满悲悯与仁慈的心胸。

是的，必须化作一只鹰，才能追寻王峰的视野与心怀。

这是一种享受，也是一种提升。我想，如果读者喜欢王峰的诗，也一定是缘于他这境界与心怀的感召。

2021年11月16日晨，北京清河居

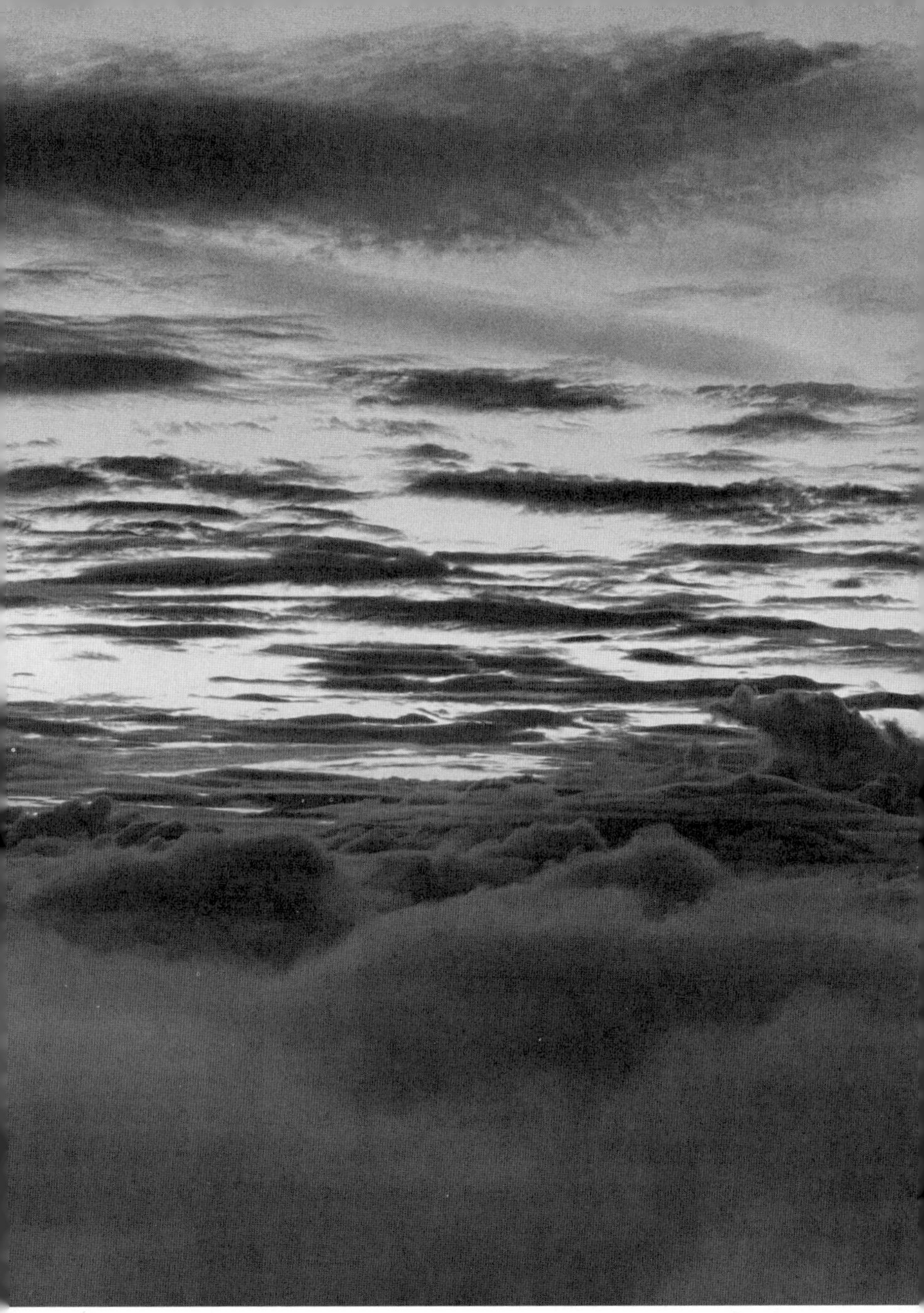

序二

写进风暴

王家新

似乎飞行和诗歌创作本身有一种很古老的渊源关系,且不说其他诗人,在我的印象中,在 20 世纪 80 年代以来的当代诗歌中,海子有一首诗《最后一夜和第一日的献诗》,最早写到了"飞机场":

今夜你的黑头发
是岩石上寂寞的黑夜
牧羊人用雪白的羊群
填满飞机场周围的黑暗

海子的诗大都和乡村、田野、草原有关,很少出现现代工业文明的意象。为什么他这首写于青藏高原漫游途中的诗里会有"飞机场"的想象呢?这使我想到海德格尔在阐述荷尔德林时的一个说法:只有把"天、地、神、人"聚集为一体,人才有可能"诗性地栖居"。机场是用于飞机的起落的,以一种诗性的眼光来看,也是用来连接和聚集"天、地、神、人"这四重性的。海子要用羊群和大雪填满"飞机场"周围的黑暗,也许正是为了让他的这种诗思起飞。

而在中外现代诗人中,除了一些有战争飞行经历的诗人,直接写到飞行主题并让我为之惊异的,是茨维塔耶娃。1927年5月20—21日,美国飞行员林德伯格驾着"圣路易斯精神号"从纽约起飞,飞越大西洋在巴黎降落,飞行长达33个半小时,成为当时的轰动性新闻。那时还在巴黎流亡的茨维塔耶娃受此激发,竟写下了一首长达400行的长诗《空气之诗》。我难忘在翻译这首诗时所受到的深深触动:"母亲!你看它在来临:/空气的武士依然活着。"当然,这是一场想象中的太空之旅,但对于诗人来说,却是为了空气和呼吸,为了冲破"时间的围困",为了"进入的必然性",为了获得一种视力和听力("舱门由上而下,/耳朵是不是也如此?"),为了一种生命的完成:"最终/我们就是你的,赫尔墨斯!/一种生翅心灵的/充分的准确的感知。""没有两条路,/只有一条——笔直!"《空气之诗》无疑体现了诗人一贯的精神冲动,而又焕然一新。让人惊叹的,还有诗人在写这首诗时所体现的非凡的艺术勇气。她以决绝的勇气摆脱"地球引力",正是为了在一个水晶刻度上刷新她的语言和感知,为了让"鸽子胸脯的雷声/从这里开始",让"夜莺喉咙的雷声/从这里开始……"

这也就是为什么我和一些诗人同行会对作为飞行员和机长的王峰的诗感兴趣。我们已多少了解了飞行和诗歌在隐喻意义上的关联,如果说在很多诗人身上都携带着一个飞行员,一个"伊卡洛斯神话",王峰则把它化为一种职业,一种生命的实现。从他已出版的《天际线》等多种诗集来看,他的基本主题和大部分诗作都是写飞行。从实际生活和诗歌隐喻的意义上,他都堪称是一位"拥有天空"的人。可以说,他是一位在当代诗歌中还很少见的名副其实的"飞行员诗人"。

更难得的是,作为一个"一半的生命在天上"的诗人,王峰不仅很自觉、很投入地来书写他的飞行经验,为我们提供了一片引人入胜的诗歌领域和景观，从诗的创作本身来看，他还形成了他独到的角度、视野和语言技艺：

下垂的时间

如果飞得再高一点的话
天空就弯了

像遇到下垂的时间

这样的弧线
日月知道
山河知道
一棵背风的树也知道

下垂的时间如弯刀
…………

语言敏锐，感受独特，整首诗也很耐读。读王峰的诗，你会感到他的诗与思大都在起飞、攀升、巡航式的平稳延展，在下降与着陆之间展开，这赋予了他别样的角度和我们怎么也想不到的感受："抬起头天亮了／低下头天又黑了"（《大地似锦》），而他有时候近距离感受到的星体有着"矿石的气味"和"裸露的寂寞"（《独自喝咖啡的贼星》），太阳和月亮则"伟大到一言不发"（《最高贵的孤独》）……

这一切当然不仅是物理的，这是一个诗性宇宙的生成，或是对它的进入。读王峰的诗，我们会时时感到他的敏感多思，超出了一般的叙述和抒情。他的飞行之诗不仅富有诗意，也往往成为一种存在之思，一种孤绝而又具有普遍性意义的精神体验：大地与天空、存在与虚无、生与死、个体和无限……他在《测量》一诗中甚至以卡夫卡笔下的测量员K自居："天上一天，地上一年/如何测量"？但无论如何，他在"黎明陡峭，落日雄浑"之间展开了一把无形的尺子。

正因为如此，他在天空中，在飞行中，在语言与精神的探险中，开辟了一个诗歌隐喻的天地，也渐渐形成了一种属于他自己的与大地相对称、相关联的诗学。

王峰是一位很勤奋的、不断进取的诗人。自正式从事创作以来，他已出版过数种诗集。细读他近年来的诗作，我注意到他的诗风更为内敛，甚至还带有一种成熟的苦涩感，他就像他自己所说"像一只刚换过羽毛的中年鹰"（《炭火》），变得更为沉着和老练了。

当然，王峰的诗或许还有一些芜杂的东西需要排除，好在他似乎从来没有那种空洞的铺排、廉价的夸张，没有那种模式化的宏大叙事或豪言壮语。与其说他的诗以短诗为主，不如说他在尽力追求一种更为纯粹也更为真实的诗。他当然有着他的诗歌想象力，并且力求新颖和奇绝，如《天马》一诗：

马眼睛里的露水
四蹄下，蝴蝶的翅膀
引起的雷电

我在长调和
套马杆的解放里
赞美你的自由

我的身披鬣鬃的兄弟
让我在
天边尽头的曙光里
认出你

但是我感到，近年来他已把飞行作为"日常"来书写了。他有了一种淡定，有了一种更为冷静和从容的语调，也有了一个训练有素的诗人所应有的诗歌限度意识。他不仅要搏击长空，还要"在干净的跑道上 / 落下最轻盈的一笔"：

云很淡

云很淡，不是云一样
像老者的一缕胡须

也好似微风中一朵
回头的浪花

…………

他甚至有意在接近某种反浪漫抒情的风格，接近某种"豪华落尽见真淳"（元好问）的境地。他的《某种宽恕》一诗一开始就是"日出，没有诗意 / 日落，依然没有"，但是他仍然在感受和致力于发现："忽而看到宇宙的深弧 / 放出几颗银色小星""仿佛默立了一季的垂柳 / 最终得到了某种宽恕"。

重要的是，王峰近年来的创作，显示了一个诗人的精神深度在加深，

"细看明月的人/注定更加孤独",这样的诗句我一读就记住了,它出自《漫天垂泣的秋虫》一诗:

  细看明月的人
  注定更加孤独

  我端坐在夜空

  穿过层云,翼上
  瑟瑟发抖的辰星

  像漫天垂泣的秋虫

他还借助于黄昏沙滩上的一截拖缆,来呈现经过岁月磨洗的生命:

拖缆

  黄昏 一个人走在沙滩上
  迎着夕阳
  半截拖缆,埋在沙里

  或许它曾经也有一个
  拖动整座大海的理想

  如今它只是半截朽去的绳子
  闪烁着碱白色的光

一截半埋在黄昏沙滩上的拖缆,也会如此感人!诗最后"碱白色的光"用得也极好,不仅体物恰当,观察细致,它还体现了诗人在艺术上的成熟。

对人生的体验,尤其是近年来新冠肺炎疫情带来的全球性灾难,加重了诗人的忧思,这在王峰的近作中也留下了明显的痕迹:"只剩万古愁/在一条河里波光粼粼"(《所见》)。在一首诗中他甚至感叹"不是天高了啊,而是人间更矮了",他更深地向这片正经受苦难的大地俯下身来:

……什么也看不清的大地
那些群山
那些河流
那些不增不减的阴影
在新的凉境下秩序井然

或许生长已经到了难以言说之地
而肺疫依旧漫漶

初秋的喷气机驮着我
仿若蜗牛背着它理想主义的房子

从它那有着孩童般的触须
嗫嚅着断断续续的谶词:

"不是天高了啊
而是人间更矮了"

诗的抒情力量不仅得以加强，思想性和诗性维度也在延伸，在《我所想到的》一诗中，诗的意象都是带有启示性的："太阳依旧坚持绕道天的南街／夜祷者拖着斜长的黑袍"。在这样的时代，诗人甚至想到了"山火连天后寂灭的伟大"，想到"闪电依然让壁虎延续着／流星断尾的古老病毒"……

这里的"夜祷者"是谁？是天边垂立的星体，也是在夜空巡航的诗人。他在思索命运的终极奥义。他在为他身下这片他所热爱、所牵挂的大地"夜祷"。

王峰诗中感动我的，就是那颗诗人的同情心。他现在不仅是波音客机资深机长，还是某航空公司北京分公司的总经理，但是无论他的为人还是他的诗，都没有半点"官气"。这要感谢他作为乡村孩子的贫苦出身，他的朴实的性格，他自己对命运的忠实："让缝隙里贫苦的／水滴／养活着自己的深绿"（《开花的石头》）。

正是这种命运与共的同情心，使他即使在天上云游时也能看到大地上"一层层黄沙，一辈辈的人／他们深埋泥土而浩若繁星"（《没有被写出的》），使他在俯瞰山雪消融时，"可以揣测出／河流的胖瘦／庄稼的青黄／／和人心装满日渐陡峭的／忧伤"。更感人的，是以下这首《走过一条小路》，它看似不起眼，但它不仅带着疫情岁月的见证，也带着与大地上一切辛劳的生灵包括"蠡斯，蟋蟀或者是土蛙"命运与共的深切感受：

被秋雨洗过
夜空的星月明亮

小路
少了盛夏的行人

蟊斯，蟋蟀或者
是土蛙

把喉咙涨满嘶唱
像一个个

从深坑竭力攀爬的人

我独自一人
走在熟悉的小路上

今年的树叶，路边
浮土和埋在土里的寂静

经过一场大雪之后
大家，还会相认吗

  正是这种敏感、真挚的同情心和对世间万物的体察，使他身在高空，心系大地，使他能有效地在天空与大地之间建立一种对称的诗学和伦理学。这就像茨维塔耶娃的《空气之诗》"地面是为了／高悬的一切"，反过来说不也正是这样？有人称该诗的结构是一种"但丁式的导游，一层接一层，通向最高天"。但悖论的是，尘世中的一切又不时闯入诗中："时间的围困，／那就是！莫斯科的斑疹伤寒／已完成……"而大饥荒时代的"一辆蒸汽火车"也被适时引来："停下，为了装载面粉……"
  在王峰的诗中或许也正是这样，"天空"与"大地"相互作用，由此同时拓展着诗的深度和高度。诗人在"夜观大地"时，想到地上的人无论贫贱，也无论身在何处，或许都曾"仰望星空"，而在体察万物时，他又能进入到"浮土和埋在土里的寂静"……

也正因为如此，王峰和那种单调、狭窄的题材化诗人不一样。"飞行"当然是他的基本主题，但在这之外，他也写有很多好诗。他敏感好学，兴趣广泛，善于吸收中外现当代诗歌的技艺，像鹰一样善于从高空中捕捉。诗的同情心、洞察力和敏锐感受，使他写出了如《开花的石头》《主题》《首都机场附近的一棵树》《松塔》《桐树》《乌鸦》等飞行之外的佳作。像下面这首《雨中的树》，不仅富有灵气，也成为一个诗人必然的精神写照：

还是窗外的那棵树

没有阳光
没有影子

甚至
没有一条小虫

一棵孤寂的树
它站在雨里
越淋越绿

好像自己也在下雨

更重要的是，如他自己在一首诗《写进风暴》中所表达的，在经过了这么多年的人生历练和艺术准备之后，他可以把自己"写进风暴"了：这"风暴"是诗的风暴，它有自己的精神内核，它也会摆脱或重写一切界限。在这首诗中，当"整个荒原／像是漏光了海水的一座大海"，诗人要像"留下来的那几棵刺槐"："饱蘸头顶的湿云／把野草下焦渴的唇语写进风暴"……

我想，这才是一个诗人最渴望进入的状态了，或者说，只有进入这种状态，一个人才有可能成为诗人。王峰所喜欢的诗人策兰在《带着来自塔露萨的书》中有这样的诗句："以太阳穴的被驱送的／节奏／以／呼吸过的被践踏的／草茎，写入／时间的心隙——写入国度／……写入那／伟大的内韵"。显然，王峰自己也在这样准备着。这使我不仅赞赏他已经取得的创作成绩，更对他的未来抱以期望。

2021 年 11 月 18 日

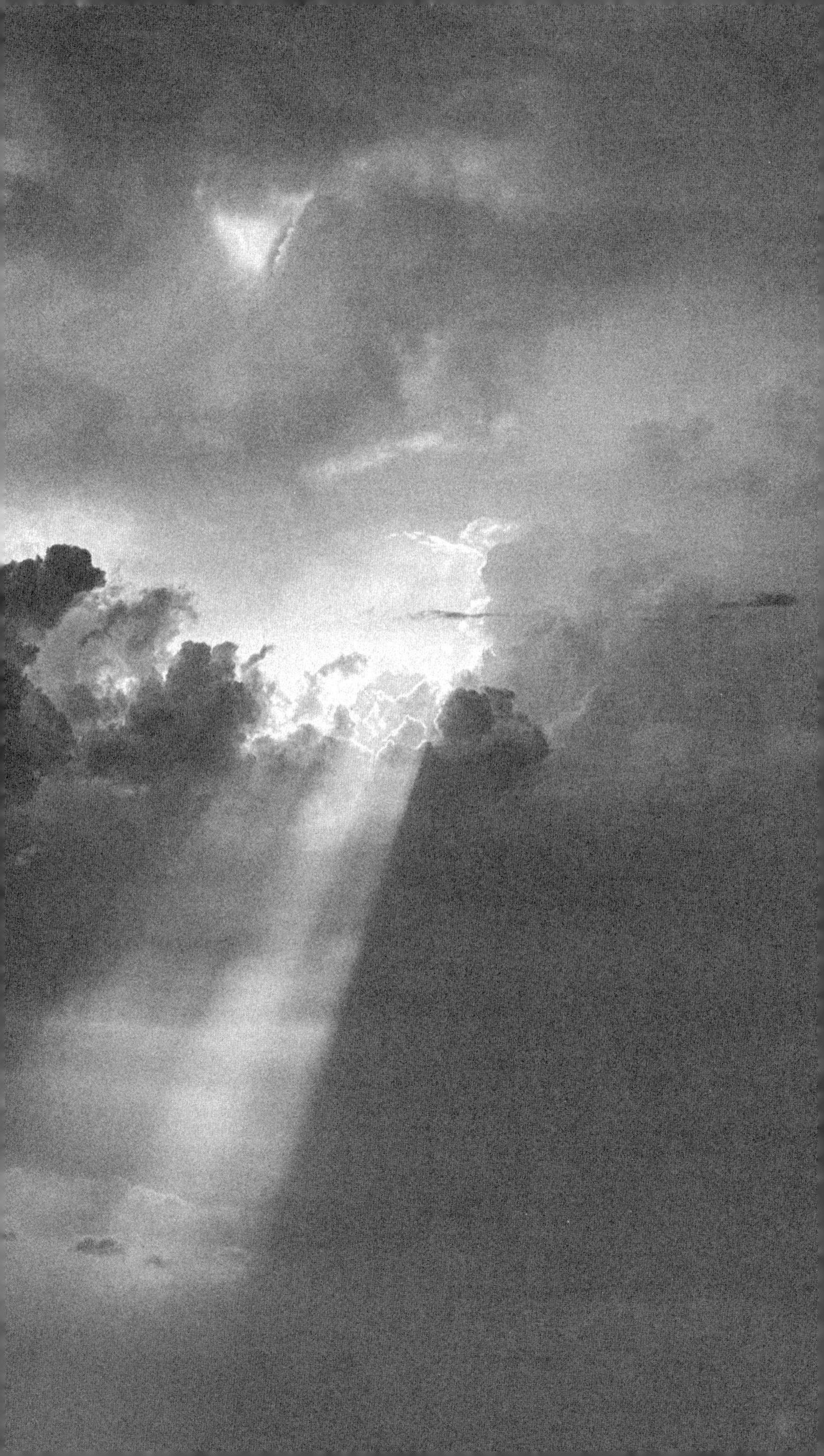

目录 contents

俯瞰深秋 / 001

风　说 / 002

下垂的时间 / 003

一树梨花压海棠 / 004

积雨云 / 005

天　马 / 007

水的火焰 / 008

暴雪中，纷纷倾斜的词 / 010

荒　原 / 011

落日如盆 / 013

没有被写出的 / 014

一束光指给我看 / 015

岁月的炉火 / 016

明晃晃的灵感 / 017

窃取一点悔意 / 019

月　亮 / 020

我看到了风 / 021

所　见 / 022

另一种眼光 / 023

每一片云都在与世长辞 / 025

云中，我们身披大雪 / 027

天空之杯 / 029

送长风 / 030

飞越那片海 / 031

在虚构里走失 / 032

秃　鹫 / 033

途　中 / 034

青天的远郊 / 035

一个人走向荒野 / 037

在湖边 / 038

最喜欢的 / 039

形容词 / 041

乌　鸦 / 042

夜航，我听到有水鸟在叫 / 043

麦　田 / 045

蓝色冰激凌 / 046

凑合着，下点沙吧 / 047

无路可走 / 048

小　路 / 049

2400米 / 050

骨子里犯贱 / 051

一路向北 / 052

日　子 / 053

被冻僵的烟花 / 054

写进风暴 / 055

今天，我富可敌国 / 057

云中睡佛 / 058

在一阵风的率领下 / 059

夜　航 / 061

我在春天巡航 / 062

初春所见 / 063

山水兽 / 064

去年今日 / 065

拖　缆 / 066

孤独的牧羊人 / 067

笼罩自己 / 068

让人间多睡一会儿 / 069

炽热在锻打你的哀号 / 070

两朵云的故乡 / 072

独　白 / 073

香火的节奏 / 074

致大海 / 075

光的意外 / 076

颠　簸 / 077

收获良多，而又一无所获 / 078

相约为好 / 079

天渐渐凉了 / 080

看风景的神 / 081

石头终年抱着两座大海 / 082

到大雪背面去 / 083

听　涛 / 084

天际的小庙 / 085

云间小路 / 086

不是天高了，而是人间更矮了 / 088

一边照耀，一边焚烧 / 090

放下就好 / 091

大山里的河流 / 093

一部分雨下到了天上 / 094

你在苍茫中走着 / 095

我所想到的 / 096

起飞，骤遇狂风 / 097

航　路 / 98

开花的石头 / 99

向南巡航 / 100

大地似锦 / 101

雨　水 / 102

北方的树 / 103

主　题 / 109

锻打一把弯刀 / 111

其他那八条命呢 / 112

打　捞 / 113

珠海的山 / 114

云中漫步 / 115

大　雨 / 117

锈在了一起 / 118

乌云腹地 / 119

老天爷的马 / 120

让黑暗彻夜诉说明亮 / 121

呼　唤 / 122

无　限 / 123

午后　云上 / 124

天空之舞 / 125

此　刻 / 126

多看了一个日落 / 128

稳定性 / 129

生　活 / 130

还是方才那群年轻人 / 132

心境一种 / 133

败走的海水 / 134

群　山 / 135

最高贵的孤独 / 137

某种宽恕 / 138

冬　至 / 139

黑黑的小手 / 141

云上的夜晚 / 142

一杯天上的水 / 143

云　田 / 145

走过荷塘 / 146

垂直呼吸 / 147

浮　云 / 148

整个下午 / 149

山风吹来 / 150

我的左手和右手 / 151

星空下了一夜的雪 / 152

测　量 / 153

明月走 / 154

沙　滩 / 155

黄　昏 / 156

雨中的树 / 157

蜗　牛 / 158

咀　嚼 / 159

凉　境 / 160

首都机场附近的一棵树 / 161

片　场 / 162

夜　雨 / 163

出　浴 / 164

一小片黑暗 / 166

松　塔 / 167

炭　火 / 168

我心中的母亲河 / 169

走向冬天的湖 / 170

让你喘息，让你进出 / 172

黑夜里，一滴无用的墨 / 173

云很淡 / 174

夜　空 / 175

天空一直闭着眼睛 / 176

花不知道自己叫开放 / 177

石　头 / 178

那些小跑道 / 179

九　月 / 180

飘着的 / 181

握　住 / 182

桐　树 / 183

走过一条小路 / 184

蝴蝶的骨骼 / 186

漫天垂泣的秋虫 / 187

九月的天空 / 188

有谁能比贫穷更伟大呢 / 189

泥做的玻璃 / 190

两颗舍利 / 191

晨雨过后 / 192

邻　居 / 193

像天空一样任性 / 195

陌生的亲近 / 197

希　望 / 198
重　影 / 199
专　注 / 201
夜　钓 / 202
重新听到花开的声音 / 203
飞越沙尘暴 / 204
满　溢 / 206
乡　下 / 207
大　河 / 208
燃烧的磁铁 / 209
失语的浮冰 / 210
无名之辈 / 211
没有任何一朵云欲求名满天下 / 212
日落就是你人间的事情 / 214
野蜂悬停于一朵嗡嗡的小花 / 216
大海依然毫无新意 / 217
海底的日落 / 218

七点五十的黄昏 / 220
绕　飞 / 221
终点站 / 222
摇篮曲 / 223
云朵都开在我的脸上 / 224
子虚乌有 / 225
修　辞 / 226
一棵树的思考 / 227
天上的事都很慢 / 228
在天空巡航 / 230
夜观大地 / 231
独自喝咖啡的贼星 / 232
看夕阳 / 233
应该都是好人 / 234
看晚霞 / 235
如此安静的一瞬 / 236
更磨人的事 / 237

云　朵 / 238

随　想 / 239

低头赶夜路的鱼 / 240

又见秋蝴蝶 / 241

天空的直播间 / 242

俯瞰深秋

苍郁的深秋更凉了
而贴紧额头的机窗玻璃依旧温热

铁翼之下,我倾身极目
黄色的大河挟裹着轰鸣去了远方
似乎听到了长水奔涌的声音

那些我看不清楚的篱笆或者老树
有的在深谷仰望
有的在岸边落叶

谁的裙边掬成蓝色的港湾
谁的峰峦引燃赤橙的火焰

是天空的唇线
是大地的万山

我庆幸,在这疫情掩蔽的深秋
自己还能被这
庞大的事物所惊醒

风 说

风里有些小道消息
没有誓言
有时候它会跳下悬崖
打劫一只无辜的鸟

空中我也经常会被
推来搡去
搜遍全身
风当然是一无所获
风能够上天入地
盗引灵霄宝殿的锣音
沉入井底荡起
一圈圈美妙的细纹

我更喜欢风说的苍茫
在碑石弥漫的旷野中
富人不富
穷人不穷

下垂的时间

如果飞得再高一点的话
天空就弯了

像遇到下垂的时间

这样的弧线
日月知道
山河知道
一棵背风的树也知道

下垂的时间如弯刀
斩弑理想和抱负

只会把你我
一生的孤独
刻进不足一米的悬崖

一树梨花压海棠

到公园里闲逛
看蚂蚁
埋头啃泥筑堡
一粒沙就是一粒沙

头顶
是梨花压海棠
还是海棠贪富贵
关我何事

我不喜风月
只会埋头啃泥筑堡
一粒沙就是一粒沙

积雨云

世界上有从无而生的事物
譬如你
或许,只是一丝微风

从海面,从深井
从五月之夜的露珠以及
朝阳升起后的霜雪

不可知的力平静地聚集
在无知无觉的天空
来自广袤宇宙的无,如今成为有

没人知道
你的体内藏了多少风
也无人知晓
你的后院豢养了多少条龙

那样无声的燃烧,不为人知的颤抖
你柔软的变幻,可怖的翻滚

这些来去无踪的雾、风和泪水
也许只是为了向大地
倾尽一场壮丽的霹雳和豪雨的热爱
亦或许，只是为了最终的消散
化为乌有
正如你来时的惘然与虚空

天 马

马眼睛里的露水
四蹄下,蝴蝶的翅膀
引起的雷电

我在长调和
套马杆的解放里
赞美你的自由

我的身披鬣鬃的兄弟
让我在
天边尽头的曙光里
认出你

水的火焰

云或许是水冰冷的火焰
在天空燃烧

它以波涛和飞翔的形式
宣示水内心的自由

天上的云没有四季分明
如果心情好了

即使在三万英尺的寒冬
它也一样次第花开

水越幽深,火焰的影子
就越吊诡像乌云的梦境

天空仿若滴水不漏的
大海,再炽热的火焰也

无法烧穿那厚底的宇宙

星孔勾连着星孔,在水的
火焰中读出时间的眼泪

暴雪中,纷纷倾斜的词

深空青幽　无云
一丝不挂

像一整张
丧失功能的鼓膜

任由春风
一遍又一遍地萦耳呼唤

仿佛几个
天上人藏匿于一首古诗里
窃窃私语

拆借一千多年前
在那场暴雪中
纷纷倾斜的词

荒 原

西北的荒原
我看到你的花都开在冬天

你是地球紧锁的眉头
"曾经沧海难为水"
为了这句爱情诗歌
你苦守着万年的干涸

你怀抱决绝的冷漠
尽除所有的绿色
这春天不度的戈壁旷漠

只留下枯燥的风
吹着四季巨硕无比的苍凉

让唯一的大河
咆哮着滚滚流淌
挟裹着泥沙混沌的悲伤

或许

只有在某个冷月之夜

当一颗蓝色流星划过头顶

身披沙丘的勇士

才会慢慢睁开冰窟般的眼睛

落日如盆

落日如盆　这个成语　我多年未用

一个普通的黄昏
我在天空看大海

没有看到在沙滩上奔跑着的孩子
没有看到椰树下你侬我侬的情侣

我只看到　落日如盆
它斑驳如滩涂
它沉痛如海水

它让我看到盆子被摔碎后的伤悲

没有被写出的

我确实知道,在云隙间
或者亡草之下

还有很多没有被写出的

譬如未来得及落下的雨
倒春寒中早夭的花

它们错过了流淌
它们错过了盛放

就像我们也曾经错过的
再无法偿还的爱

一层层黄沙,一辈辈的人
他们深埋泥土而浩若繁星

一束光指给我看

没有一朵云的净空。阳光正好
我凭窗独饮蔚蓝

一束来自天外的光,身着透明夹克
穿过我深色的眼镜片

它喜欢被攫住。它折叠,它弯曲
像腻在妈妈怀里的皮孩子

蓦然,恍若走进某世纪的一个梦境
这束光指给我看

远山连着远山,没有一户炊烟

岁月的炉火

深秋的天空
早早地升起鲜亮的炉火
到了雄浑的傍晚
落日汇集

漫游的炫彩,收拢人间
无数抵达远山近海的目光
我就是喜欢这样
住在天上

过一天,算一天

明晃晃的灵感

夜幕降临
从福州起飞回京

破云而出
那伟大的太阳
去而复返

它脱掉袈裟
它推倒庙堂
蓝孔雀
驮着大脸和尚

要知道，还俗
还是持戒
它终将要归去
留给我的仅仅是一组
明晃晃的灵感

让我写写

大漠孤烟　或者
西出阳关

窃取一点悔意

夜深人静　狼　乌鸦和潮汐

活着的人
死去的人

一同在仰望挂在梢头的月亮

它像一柄巨烛
它像失重的冰鼓
它像冻土里被擦亮的头盖骨

我们都知道月亮并没有金币

而月圆之夜
醒着的事物

或多或少能够窃取一点悔意

月　亮

我分明看到　初春的月亮
已如此锋利

而旅居黄昏的大海
还在一遍一遍磨刀

寂寞空行　月亮微笑

万顷没有伤疤的忧伤
唰唰　一网　紧接一网

我看到了风

天空牵着孤独的太阳

一路向西
走着走着

在这正值春日的天街

蓝衫飘逸
素巾绕颈

让我再一次看到了风

所　见

云头高悬，一束光
俯瞰大地

没有一个人，一匹马，一垄庄稼

仿佛人间
繁华褪尽

只剩万古愁
在一条河里波光粼粼

另一种眼光

我端坐在机窗前

看一只苍蝇
受困于一场雨

一会儿搓搓手
一会儿抹抹脸

天空那么大
水滴那么重

没有它容身之地

雨越下越大
玻璃上出现河流

它横着跨越
它竖着攀爬

但岸都是虚设的

大雨倾覆了玻璃
苍蝇浑身湿透

像深秋的一片落叶
匐在大地之坟

每一片云都在与世长辞

你看
每一片云都在变幻着
它们缓慢
它们悠长

即使相爱,也是在拥抱中
穿越对方

你看
它们是冬天的小人物
蜷缩在一起
多像母鸡温暖的腹羽

你看
它们是夏天的暴君
敲鼓击锤
活脱脱的一个小气鬼

如果你再仔细看看

它们就是一小片白天
它们也是一小片夜晚

瞬息之间
每一片云都在与世长辞

云中,我们身披大雪

上不见星光
下不见灯火
攀越万米灰湿的云坨
像陷入了某种回忆

左翼红灯
右翼绿灯
它们映射的光忽明忽暗
像呼吸
像脉动
像后舱旅客安睡中的心跳

透过雷电的视网膜
我可以看到

天碗穹顶倒悬
谷野寥落

地钵捧起江河

大水洪荒

此刻,云中的你我
寂若身披大雪走在夜里的人

天空之杯

天空有时候
也被自身的重叠所困惑
犹如午后
被暖光掬起浅底的空杯

此刻，我正从南方返航
斜阳让云亩的厚唇一弯再弯
向宇宙折射出焦渴的弧度

寂静，传递着无色的寂静
通过沉默而饶舌的烟缕
最后，诸神赶走酩酊的落日
大口喝下满溢的黑暗

送长风

春天说来就来

天升腾出云彩
树催发出树叶
海撩拨出浪花

它们都是风的手掌
会把风送出更远

我的手掌不大
且粗糙

送不出长风

只会偶尔抹一下
风送达我脸上的雨水

飞越那片海

黄昏　我再一次　飞越那片海
那片野生的海

它踟蹰，它怅惘
靛蓝色的　饱含　沙粒的眼眶

夕阳抛出了万金
欲贩买你的自由

你耸动着湿淋淋的脊背
走向黑夜　头也不回

在虚构里走失

不浓不淡的云排列一起
像举着破旗的海浪
像融化了一半的残雪

像大漠骆驼的遗骸
像自由中贫血的空气
唯独不像宏大的画卷

我的欲望弧有诸多射线
所以我也不是我

我喝酒赋诗,我琢磨生死
每夜我都在虚构里走失

秃　鹫

宽翅收拢，秃鹫更像一位弥漫着
死亡气息的王

身后移动着几副土灰色的小棺
它们正在踏上死亡的脊背

去叫醒更深度的死亡。长硕的
颈部仿如一条干褶的河床

大量腐烂的词被无序绞叠在一起
远岸是寸草不生的荒漠

和鹰相比
秃鹫的履历中几乎没有歌颂
这种天残的小头巨兽，或许

和乌鸦共同就读于死亡系
一个带走灵魂，一个分殓肉身

途 中

这是崭新的一天
昨天的我们已经彻底走远了

天空茫然地望着天空
仿若也不认识自己一样

昨天你可能喝了酒,骂了人
或许还迷离了一段春梦

但这些声音与视线
都统统罩蔽在子夜的黑门之外

昨天的我们退逝无痕
而在途中挺着脖子的你依然豪迈

像冷风中一棵被烧焦的刺槐

青天的远郊

青天的远郊或许是另一个中心社区

常居诸多的亡魂,包括死去的大树
和一些碎裂的石头

它们交谈着,使用近乎结冰的
语气,类似模棱两可的弦外音

我端坐在驾驶舱,与陌生人
用耳麦说着简洁的话。偶尔

喝一小口岩茶,凝视侧窗
两朵白云彼此刚刚抱紧
瞬间又从对方的身体里逃离
正如人们常说的"穿堂之风"

这些无情的事物都来自哪里呢
没有姓名,也没有背景。但是
皆能熟练转动时间的金匙

可以随意召回古寺寂寥的钟声
可以任性拔出棺椁锈住的长钉

一个人走向荒野

人生往往来不及总结

这里转转
那里看看
动动小心思
说说谎话

大半生时光就过去了

就像一首烂诗
找不到一个满意的结尾

有理想的人
至死都在粉饰成功

我没理想
只会低着头一个人走向荒野

在湖边

湖边的柳树，由鹅黄到嫩绿
在堤岸，在水域
或者在脚下的一小片土地
它找到了它所笼罩的边界

老榆树，鬓发遒劲。每根枝条
都像涨满了水银的河
对的，那确实都是银子
让我差点儿给忘了
在它那歪着脖子的肩头
即将扛起满树的春天

在湖边挺立，在雨里走动
在风中拂袖
在湖边，它们不再是深秋悲伤的邻居

最喜欢的

大白鲨,很不协调的
一双眼睛。像日月

撑满阔嘴的利牙
像父亲手里的刀锯

再造生活
也毁弃生命

胸藏整座大海
却从不饮一瓢

最喜欢的,还是电影中
那句经典的对白

"世界上,每一个
活着的人
都是海里活着的一条鱼
人生就是在航越大海"

是的。它的确掌管着
我的灵魂
最勇敢的那部分

形容词

天空像一辆
超高的大货车

在九千米云漠
晃晃悠悠

可以形容它像
巨鲸过海

可以形容它像
病虎入林

你我唯独
不愿形容

此刻它像命运

乌　鸦

一只乌鸦
一群乌鸦
一小片黑夜

很明显
这个村子
已经是很久没人了

日落西山
天空交出整个夜晚

一只大乌鸦

统罩全部
一声不吭

夜航，我听到有水鸟在叫

这里宽阔
没有树
没有湖水
没有休闲步道
甚至
没有一根电线

这里嘈杂
有飞机
有汽车
有穿制服的人
几乎
大家都在喊话

一场春雨刚过
有些积水
有些草香
忽明忽暗之间
我听到

有水鸟在叫

水鸟啊
你难道和我一样
喜欢冒险

我不属于
头顶的天空

你也不属于
身后的防鸟网

麦　田

清明。和父亲一起
给爷爷添坟

"这块寝地
是他生前自己选的"

透过纸火
眼前麦田浩荡

"活着就大碗喝酒
大口吃肉"

我憋在心里的一句废话
说给祖孙三代

蓝色冰激凌

刚刚下过雨,白云让出青天
白的,像浮冰
青的,像口袋

我透过天空放出的临时小路
透过雨水的另一面

看到迷路的野花
看到奔跑的孩子
看到虫豸
看到鹰隼
看到宽阔的墓地

看到蓝色冰激凌缓慢消融的瞬间
荡涤着人间最美的遗址

凑合着,下点沙吧

六月里天热

下场暴雨

正月里天冷

下场大雪

三月三

春光明媚

不热不冷

凑合着,下点沙吧

要不都悬着

该落的花不落

该闭的嘴不闭

无路可走

被荒弃了很久的村道

有莫名的石子
有深陷的胎辙
有鸟屎里萌生出的小草

除了被乌鸦
领走的老灵魂
或者曾经
神奇的拖拉机手

其余的都困在原地

花必须开
叶必须落

小路只能指向尽头
自己也是无路可走

小　路

清明
我回了一趟乡下

暇余
我又和村北那条
小路
静静待了一会儿

我不知道
地下沉睡的祖父
会不会相信

时隔三十年
我还一遍一遍回忆

他扛着锨巴
从小路的尽头走来

2400 米

在 2400 米巡航

下面是碧海
上面是蓝天
中间夹杂着
一团接一团的黑云

没有新的高度指令
我只能颠簸潜行

2400 米
也算是一个"阶层"
要知道
但凡关乎这个词
命运一般都很固执

也许,地底下更明显

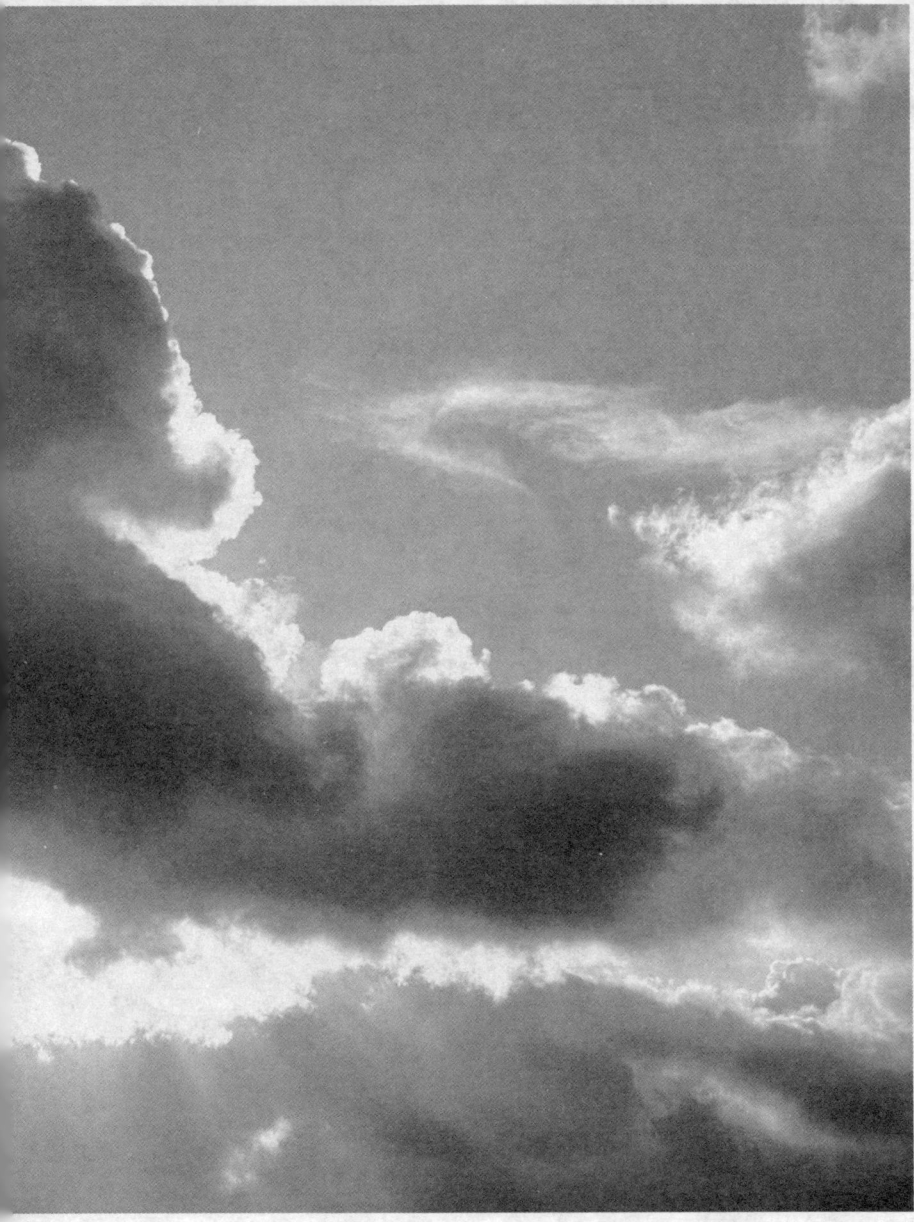

骨子里犯贱

有时候眯起眼睛想一想
骨子里确实犯贱
喜欢落叶
喜欢泥巴
喜欢觊觎好身材的女人
每当黄昏飞行
看夜幕脏兮兮的大床单
把群山
把大海
把房舍
以及里面所有的人和物
统统一下子都裹进被窝
那么
没有骨头的天空
算不算也犯贱呢

一路向北

夜已深,一路向北
我忙于告别
一个又一个的村庄
和那陌生而熟悉的灯火

耳麦呼唤耳麦,言辞也变得警惕
在这月高风黑的茫茫苍穹
飞得越高,走得越远
溢出的诗句就会在空中飘浮

当我倾听这世界的真相
目光举向更高的云层
繁星闪烁的天幕更令人动情

日　子

午后。阳光的金指
在海滩上完成

一幅即将撕毁的画

它完成
它撕毁

像你我共同的日子

没有完美
只有度过

被冻僵的烟花

很明显　疫情是场病害
但是它却让很多穷人过年的悲伤
不再那么具体

反正大家都不出门
反正大家都戴口罩
反正大家都听不到太多的喧响

你可以在城里偷偷开启一瓶
珍藏的气泡酒

我也可以透过清冷的夜仰望星空
玩味漫天被冻僵了的烟花

写进风暴

初春的黄昏。我独自一个人
走进一片废弃的村落

破旧的小路
挑起几处佝偻着断腰的矮墙
随地可见的残砖烂瓦
斜插进泥土,默默祭奠着自己

整个荒原
像是漏光了海水的一座大海

我走向一个高坡坐下来
几只杂色的小狗
则选择了比我更高的地方
但这挡不住暮色如沉沙
埋葬今天同样也是从脚开始

留下来的那几棵刺槐应该感谢
死在这里的人吧

他们被锁在树里的灵魂需要
小头的乌鸦们夜夜催醒
也需要它们用黑秃秃的粗手指

饱蘸头顶的湿云
把野草下焦渴的唇语写进风暴

今天，我富可敌国

天上，有大货驰奔
盗运矿石

像一万只
开着双斗车的蜘蛛

花谢了，果实安静

大雨中
生长是那么的自私

左边垂柳眉细
右边苍榆满贯

有钱，有女人有春风

呵呵，今天
我富可敌国

云中睡佛

日头还没有落山,一尊佛已经睡下
他受日月供奉
白天黑夜都可以随意瞌睡
他可以一睡千年,也可以永远不睡
他的身体和床以及他枕着的经文
都像天空一样空空如也
他不接受任何刀刻斧凿和人潮汹涌
他喜欢侧耳聆听,夏夜闪电的弯针
划过风暴的老唱片
布谷鸟的转音或者忽而一阵的甘霖
正是他想对人间说的或者他要做的

在一阵风的率领下

在一阵风的率领下。退群的云
一朵，两朵，三朵
又重新上线

绵羊的平民群
狮子的贵族圈

它们聚众吊挂在遥远的天边
晃动着天际线

闲置一冬的天空的蓝色宫殿
瞬时坍塌成废墟

它们就是这样
一年四季拿得起，也放得下
张弛有度，来去自由

不像我这样的人，终日率领着

两个吊挂在翅膀下的发动机

叶片呼呼生风,但一转都不能少

夜　航

飞趟夜航　有点儿　莫名的欢愉

我的额头
贴紧温热的机窗玻璃
孩子般地眺望

星群勾连辉映　勺子或者大熊

雷达的回波
像风暴硕大的耳蜗

从寂静而冰冷的夜空中
仿佛传来天马"嗒嗒"的蹄声

我在春天巡航

我在春天巡航

天空干旱
它的荒芜感　愈发亮堂

有立体的坍塌
有落日里的悬崖
没有鸟也没有兽
星月轮值
每日的虚度都在天上

而我还是看到些玄机
俯望山雪消融

可以揣测出
河流的胖瘦
庄稼的青黄

和人心装满日渐陡峭的
忧伤

初春所见

初春的天空　瓦蓝　瓦蓝
冰封了一冬的野湖

正用力搬动自己
微微冒出金色的汗液

鸟儿的喉管气量充沛

似乎要努力唤醒
掩藏在枝丫内部

那无数条绿色的河流

喷气机拉着白烟儿
像一枚试图受孕的精虫

由朝阳喷薄的一瞬
着床　落日暮霭的雄浑

山水兽

南方的小山,水多,树绿
南方的河流,旖旎,多情

如果你再飞得高一些,再遇到好天气
会看到其实它们很像

桂林的山水兽,抑或
敦煌的莫高窟

它们有空门僧众的自在
它们有红尘凡俗的豪迈

去年今日

去年今日　也同这样
宽路无人

阳光均匀密实

雪一样安静
雪一样闪亮

哦　明明是无音的白色
我却听到了

没岸的河水　声如烫沙

从一个喧哗　匆匆
奔向　另一个喧哗

拖　缆

黄昏　一个人走在沙滩上
迎着夕阳
半截拖缆，埋在沙里

或许它曾经也有一个
拖动整座大海的理想

如今它只是半截朽去的绳子
闪烁着碱白色的光

孤独的牧羊人

七月的一个下午
我从一片天空飞过

云朵像散列的沙雕
在天空各自缓慢坐化

时间在焚烧中出现
空白,像漏洞

太阳不属于天空
它只是使用牧场

清晨用金光引领
黄昏布置驱赶的酷刑

它悄然植入
它黯然消退
它是孤独的牧羊人

笼罩自己

傍晚。我独自一人
寻至湖边的老柳桩。坐下来

不久前,这棵树刚刚
被狂风的刀枭了首
被壮汉的锯斩了腰
只剩下冰冷的脚走在茫茫的深夜

你看,明晃晃的月亮升起来了
披头散发的光扑向绝望的岸

我搀扶起老柳树,站直身
继续着人间最悲悯的笼罩

让人间多睡一会儿

很多人写黎明,像鹰眼,像奔马
像鱼肚皮

其实我最清楚,此皆为假象
那都是黎明
用黑云和白云临时焊接的
异形的梯子

黎明,迟迟不肯走下云梯。是想
让疲惫的人间多睡一会儿

炽热在锻打你的哀号

它可以最先
感知雨点的脚步

它曾潜伏于黑暗
手持利斧

它有天赐鹰隼一样的机敏
它是茫茫大地的守夜人

它炒制砂石

摩擦烫音罩拢夏天
所有的高树

它塌陷乡井

遗忘玄冷洞居和
吃土的孤苦

呵，我的武士你唱吧
生活的哀伤

你是一块铁
炽热在锻打你的哀号

两朵云的故乡

两朵云相距甚远,中途隔着
宽边的蔚蓝

一架喷气机缓慢划过
白疏的尾烟
像越来越飘忽的思念

人们习惯寓意故乡的云
然而云的故乡,又在何处呢

是来自晨露的熹微
还是来自晚秋的长风

我想,这两朵云的故乡
或许来自
村头那双盼归而湿皱的眼睛

独　白

我在云端游弋，抬起头，似乎
看到了风暴之眼

它托着黑底的云盘，慢速旋转
天庭在举行盛大的晚宴

我低头俯瞰

绕着喜马拉雅山的，是亿万年来
最深沉的思索

此刻，在珠峰的腰际，裹在风语里的
是彻底被催眠的转经人
和苍凉的独白

香火的节奏

很明显,火苗并没有增加
自身的重量。而是燃烧深处

藏匿着四散的烟雾

梵音是这些柔弱事物的软骨
仿如淌在寂静虚无中的溪流

这袅袅节奏来自
三界黑水,抑或白河里轰鸣空茫的石头

致大海

从岩石的流水
我看到天空的大海

无论你是朝霞还是晚露
都曾是围绕地球的薄雾

你曾烈火焚身
你也曾熔浆喷涌

你曾把炽热的大海举迁天空
你从西向东日夜翻滚

让自己滂沱,让自己冷却
让天空的大海能尽早回落

你耕养最谦逊的稗草
你酿造有信义的季风

你让绿夫人慰藉放手大海的天空

光的意外

人间的黄昏，塞满了记忆
凝重，弥漫，缓缓坠海

看天上那瀑泻而下的事物
散发着梦的镜像
持续吹送着橘红色的火

像是熏燃的窑炉，抑或是在烘焙
风中的云彩

废墟里
崩裂出无数光的意外
坠落的绚烂并不是最后的抒情

颠 簸

晴空夜航。一阵颠簸
层云里若有被活埋的兽

我下意识系好肩带
捆紧自己

机窗之外很远的地方
秋月洁净,明亮

只剩一颗小星在伺服
像一个深夜提灯的更夫

我忽然意识到今夜
天上的很多事物同样受困

收获良多,而又一无所获

一场新雪过后
天空就像洗净的盘子

山顶虚高了不少
白色的帽子让老石头清丽

它们交换着喜悦
在没有栅栏的光瀑之下

半途,我感知到一组颠簸
仿佛来自
山谷中诸神仙的开怀大笑

是啊,我热爱这样的迷惘
每天都有不同惊险的体验

让我收获良多
而又一无所获

相约为好

机窗外的光线拉长。天空
收起晚风

夕阳像一团炉火
引燃了铁匠铺的蓬草

今日降下黄昏的织锦

从北向南飞翔
一路翻山越海

陌生之境
因不得所见而心生遗憾

整个下午我攫取亏欠
相约为好,同你暮年重山

天渐渐凉了

天渐渐凉了,像一个人
活到后半世

望望秋山
看看寒水

频繁想念那遥远的故乡

此时是九月之后的北方
气象稳定

喷气机和颠簸
早已握手言和

远方的云,像她
一抹轻纱

身边的云,像我
一团虚无

看风景的神

大山悠长的脊骨覆满白雪
山脚的溪流若在镜子里游动的小蛇

不必再用荏苒来比喻这里的光阴
此处没有时间

闲云可以打上一千个盹儿
山雪能够万年不化真身

就连流淌也能像螃蟹一样不讲规矩
这些不说话的沟壑啊也有心中的佛

某个晴朗的日子,巨石会集体站立
向天空举献一条洁白的哈达

太阳的车子正驰越谷峰,车上
看风景的神,手绘漫野静寂的冰花

石头终年抱着两座大海

惠安的风很大。阳光下
东海向南海
驱赶着一万条青脊的鱼

石头滑腻。而海水
压根就抱不住它们
像诗中惠安女子的腰肢

轻剪慢裁头巾的蔚蓝
裸足依旧在踏过碱滩

年复一年,星移斗转
石头终年抱着两座大海

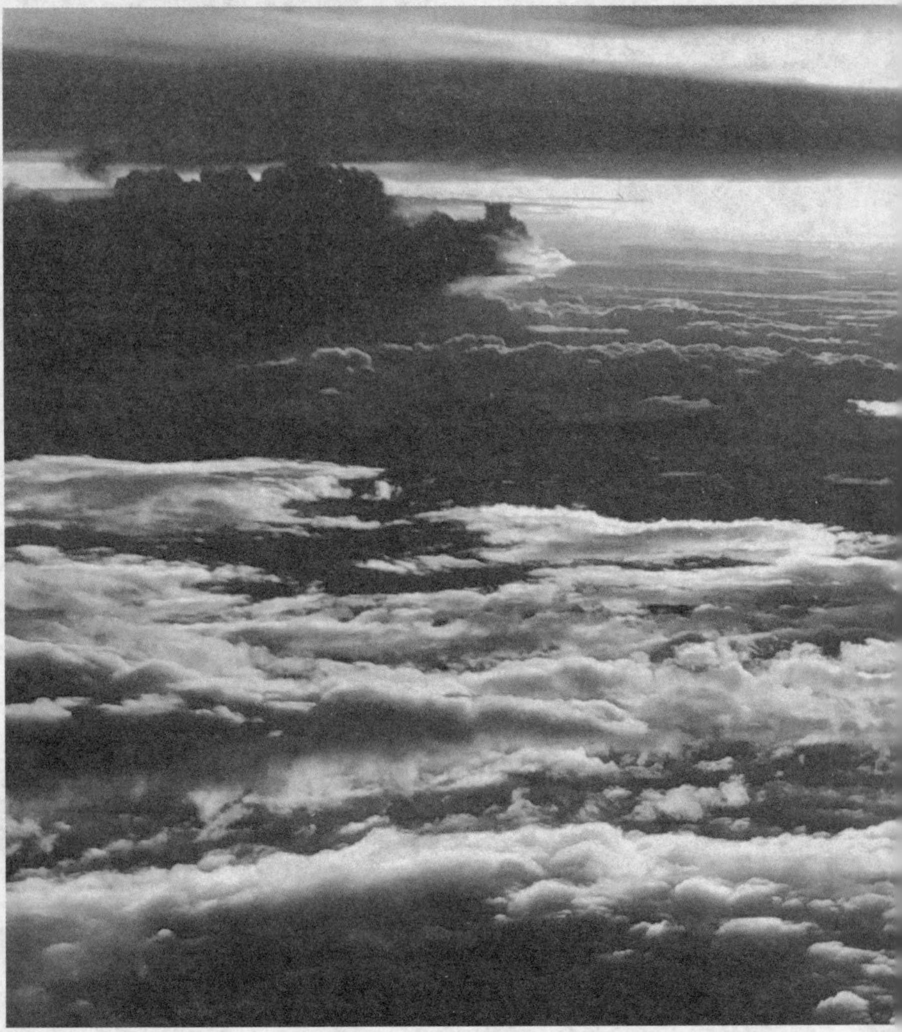

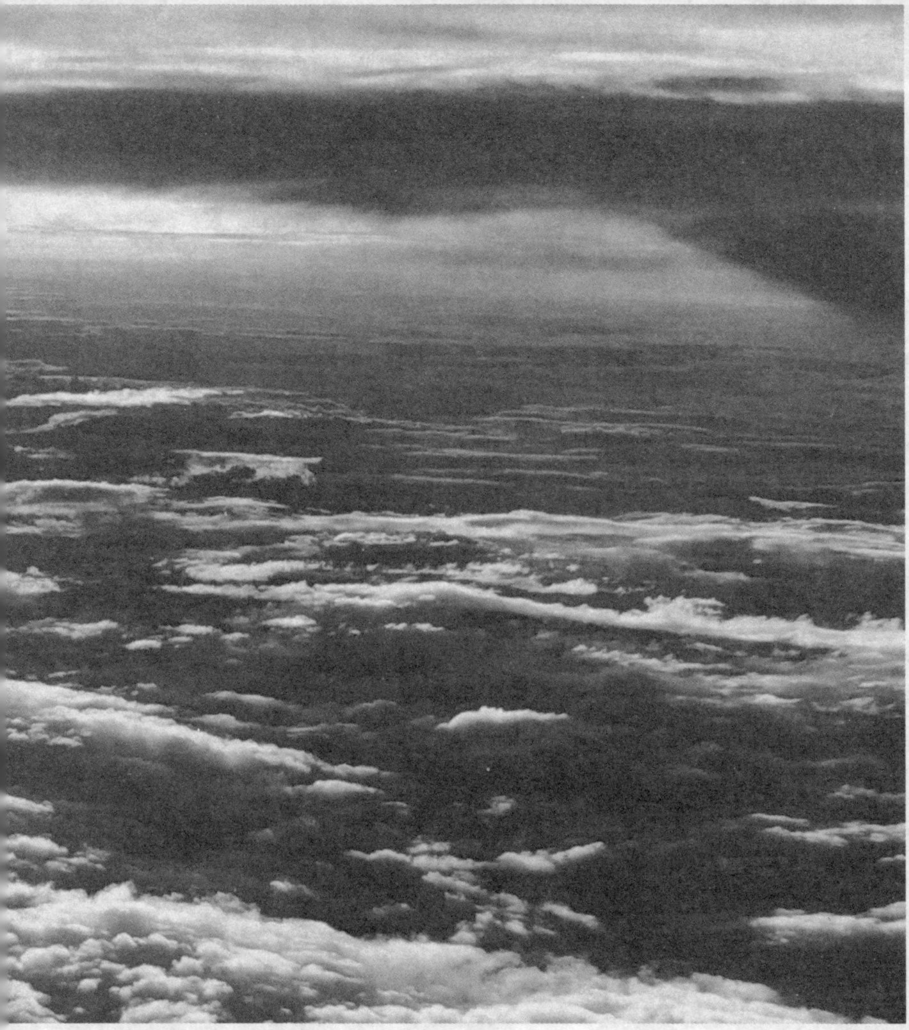

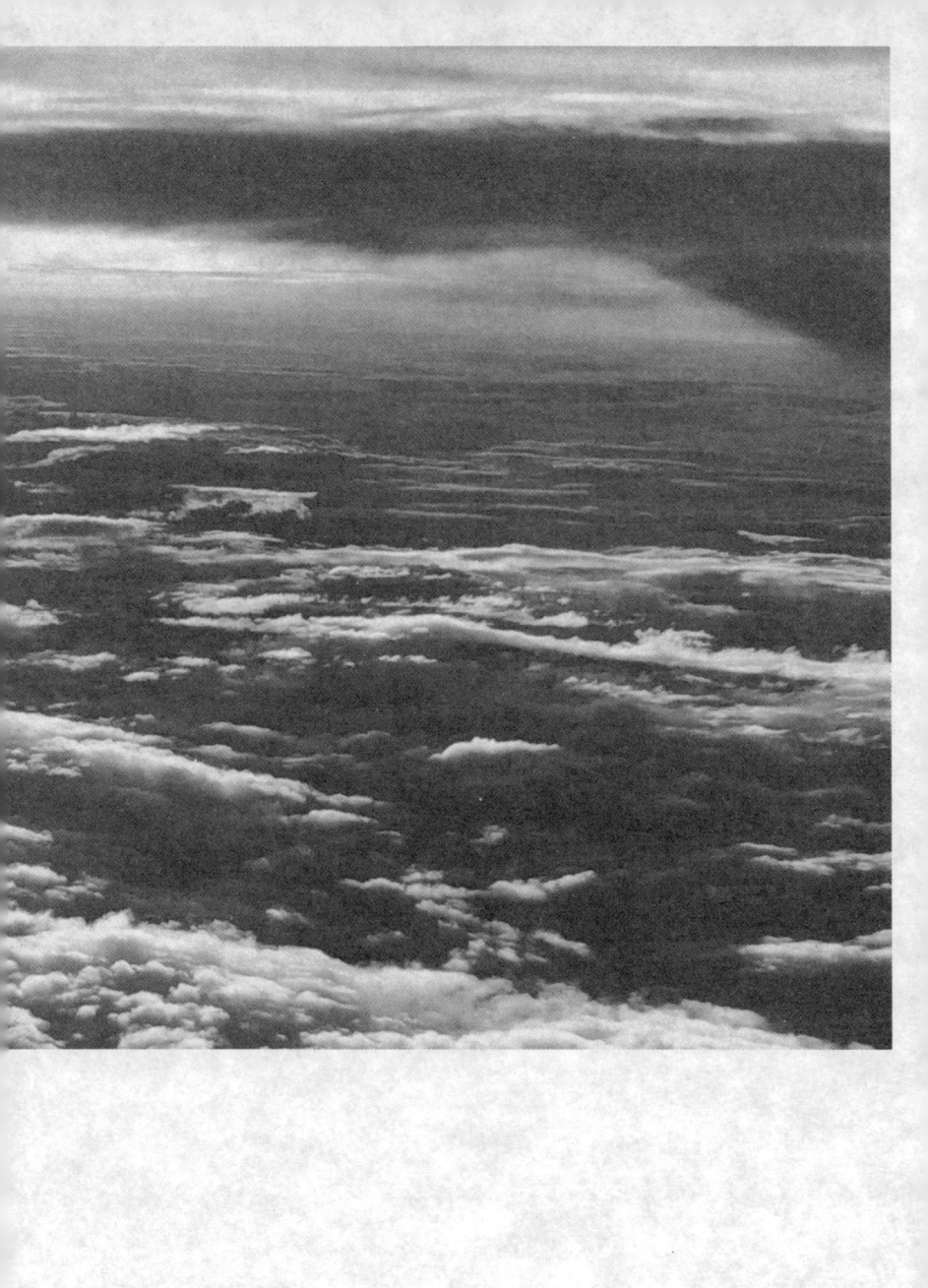

到大雪背面去

三千米厚的雪矿,天空
自动开采

雪屑蒙着面
用一只薄脚板反旋

田野温湿,天外来客
一夜销魂而骨瘦

升井!到大雪背面去
爬出三千米厚的雪矿

人间大雪纷飞。宇宙
太阳牵着我孤独的手

听　涛

秋来无事，闲下来的云搬走
一块块巨硕的雨石

把夏季迟于突围的狼烟
囤集，炼化

平湖里积满神性的高光
这样的天气最适合飞翔

我展羽悬翅，久久凝望
眼前这漫天的大水

聆听：三万英尺之上传来的
隐隐约约的涛声

天际的小庙

白天的月亮,是出落在天际的
一座小庙

无须发光,和宇宙临窗的星宿
静观红尘鼎沸

黄昏,秋云堆砌如墓
人间焚烧的纸器,引燃漫天大火

而小庙只接受潮汐的供奉
幻象,或圆或缺

用自身磁岩的剔亮,指引
深海沉默的鱼群

云间小路

云间的小路逼仄
且是单行

路边没有树木
也没有花朵

只有飘浮的山丘

云习惯使用内力
震击路人的虚妄

让前程滚烫
让归途悲凉

不管是披雪的狮子
还是赶海的羊群

只要一阵风吹过

小路即可坍塌

像一根烛火的死灭

不是天高了,而是人间更矮了

八月。天空褪尽丝滑
云裸着身子
毫不犹豫地划开春雷的记忆
就像去年和今年

俯瞰毫无意义
什么也看不清的大地
那些群山
那些河流
那些不增不减的阴影
在新的凉境下秩序井然

或许生长已经到了难以言说之地
而肺疫依旧漫漶

初秋的喷气机驮着我
仿若蜗牛背着它理想主义的房子

从它那有着孩童般的触须

嗫嚅着断断续续的谶词:

"不是天高了啊
而是人间更矮了"

一边照耀,一边焚烧

山和山之间有一谷水
如果飞得高了

就会飞出一面镜子

鸦鸟留痕,素云留迹
星辰留下寂静的黑夜

或许只有黄昏
留下一座坍塌的城堡

一边照耀,一边焚烧

放下就好

去了巫山
走了云雨

曾经躁郁的天空
暑气顿消

偶遇落单的暮霭
拉长
或者漫卷
皆像一袭忘词的水袖

寂寂向晚
旷意无边

飞翔的人少了
行路的人也少了

此刻,天上人间
似乎早早放下了一切

茫茫深情无用

今秋不再金秋

大山里的河流

大山里的河流
它们拒绝照耀

从流水到流水
它们不需有自己的名字

鱼眼里的天空
天空眼里的鱼

彼此看得见,彼此说不清

大山里的河流
你要流淌,你不自由

正如此刻飞行的我
上不着天,下不着地

一部分雨下到了天上

顺着乌云陡立的岩壁,我看到

剔亮的事物在攀爬

那是一部分下到天上的雨

它们吸附在蝎子的尾巴

或者猎户的弓弦

让抬头仰望的孩子们既看到了星空

也润湿了额头

仿若苏格拉底把德尔菲神庙的

"认识你自己"用雨一样的哑音亮出来

一半说给天上的神仙

一半说给世间的凡人

你在苍茫中走着

眼下　披着大雪的燕山
低头走着

它锁住流水
它囚禁迷雾

而自身却被季节所困

你绷紧你多骨的脊背
扛起冻僵在大海里的每一根檩木

你在苍茫中走着　走着

你的清气如诗歌
你的嗓音像山火

我所想到的

太阳依旧坚持绕道天的南街
夜祷者拖着斜长的黑袍

说到斜长　就想到黄昏
想到巷口　想到渡鸦

想到山火连天后寂灭的伟大
当然还有许多你想不到的

譬如闪电依然让壁虎延续着
流星断尾的古老病毒

起飞，骤遇狂风

起飞的时候，骤然间
遇到狂风

左右揪扯，我压盘反舵
风里抽动着无数条绳子
和一张张漏泄黄沙的脸

虚无中，乱力不讲道理

它是瞬时出现的，未设
通天河老鼋问寿的桥段

就像命运部分的诸多安排
仿佛都没有参考答案

航　路

你是晚风吹不散的烟
平铺在蓝幕远郊

均匀，逍遥
纯银的轨道

孩子指缝间的光，金太阳
鼓励各种希望的存在

积雨云揪住路人的双肩
疯狂质问：是否

亲证了天空之路
于尾翼下坍塌后的重建

开花的石头

就像
睡在山脚下的岩礁

让缝隙里贫苦的
水滴
养活着自己的深绿

在吹拂中微笑
看上世的情人踏过今世的台阶
把金色的光芒
都收拢在她的脸上

相忘,在相爱时就已经做了留白
醒来就结束的梦
永恒总在须臾之间

岁月的篝火啊
把两端烘托得那么美好
日出,日落
手牵着手,走进开花的石头

向南巡航

今夜向南巡航

11600 米
沿途经过郑州上空

一个右坡度
月亮下落
一个左坡度
月亮升起

而我知道此刻
翼下正大水弥漫

无人再有情致水中望月
即使"一落一升"
这样形似"打捞"的动作

足以揪痛我沉重的内心
激荡我生命的坚韧

大地似锦

大地在宇宙的逼仄郊隅行走
不分白天和黑夜

抬起头天亮了
低下头天又黑了

披着百衲衣
一年四季青黄不辍

我们一脚踏着生门
一脚踏着死门

跟着祖先的脚步,从无到无
走着,走着

前尘往事已忘——后世迷惘莫辨
新蕊覆盖霜雪——彩霞叠印着穹天

雨　水

今年的雨水大，到了九月
还是阴雨绵绵
村庄站在雾里，塑料大棚泡在水里
种地人的叹息
形成一张薄薄的哀怨的膜
笼罩或者悬绕都会
让日子找到活下去的理由

雨水自身不具风月之雅
一旦遇到了夜晚
遇到了秋天，遇到屋檐，石阶
或者远乡睡不着的人

沉重的词语就像无惧碎裂的雨滴
一下一下，锤实岁月下行的铆钉

北方的树

一

这些北方的树
我从很小的时候就认识它们

躺在小河岸边
听着
树叶发出一阵阵的掌声

那一定是有人
在讲述
一个关于春天的故事

那绝不是喧嚣
是对
寂寞童年的奖赏

二

这些北方的树
如今也老了

挑着
一担担疲惫的雪
在苍茫里
走着,走着

那枯黑消瘦的手指
彻底
失去了掌声

但这蓬松的,长满皱纹的脸

依然
仰望星空

三

哦,北方的树
让我充满愉悦的哭泣

春天
我闻不到花香

夏天
我诅咒雷雨

秋天
我接住落叶

冬天
贴近你苍裂的树皮

四

北方的树

会不断

开合着银色的雨幕

像一个巡山的老人

迎着风

走走停停

让每一个迷途的鸟儿

都回到

森林中的小屋

五

北方的树

也会

意外接到木器厂的通知

最后看看天空

看看大地

安慰一下身边的锯和斧头

六

北方的树啊

你生来坚强

没有摇篮

无人庆生

也没有

妈妈起的乳名

可是大家都认得你

孩子口中的叶笛

青年眼里的诗句
中年他乡的回望
老年蹒跚的步履

是啊
我也认得你

主 题

对于月亮
圆是意外
缺才是主题

对于地球
起飞是意外
降落才是主题

对于火焰
燃烧是意外
熄灭才是主题

对于春天
盛开是意外
凋谢才是主题

对于生命
诞生是意外
死亡才是主题

对于你我

我是意外

你才是永恒的主题

锻打一把弯刀

在月夜巡航,迎着月亮
迎着途中最轻盈的事物

如果,月光只给我
三秒钟的延迟,我便可以逆光穿越

凿石挖岩,满载一舱
锻打弯刀的磁铁

返航人间,去割伤
郊外,那被月光缠绕千年的白夜

其他那八条命呢

一只小猫,明显还没有死去

像一条白鱼
跃动在干涸的河床之上

绕过它,绕过眼前悲凉的秋光
绕过一地斑驳的灵魄

我用树枝搀扶着,让它走过
熟悉的,这最后一段
宽阔而洁净的马路

覆盖着冬青的绿叶和蔓枝
它的呼吸渐次拉长。最后化作
头顶一丝虚轻的烟,也叫惆怅

小猫,你其他那八条命呢?

明天就是鬼节。我抬起头
人间说说笑笑,熙熙攘攘

打　捞

夜航在持续，铁翼像
银灰色的羽笔在劣质的

粗宣上困难地书写

我每压一个坡度，月亮
就转过一个院廊

预知的失落，在无际的云漠中
犹如一头跛脚的困驼

早就明白，是时间筑的井
把故乡打进无底的水牢

很多时候，叩门的手还没伸出
下眼眶就已号啕

珠海的山

珠海的山并不高,与海比邻
土著的云朵们,穿着暴雨的裤子
光着烈日的脊背
在苍穹和海面间循环往复

那些忙碌的人群在红尘中
无暇顾及斯考特·奈史密斯的天空
而那一座座小山
不解纱裙的风韵,寂若沉默的粮囤

在最好的时候,珠海的山
可以让我想一想陈年旧事

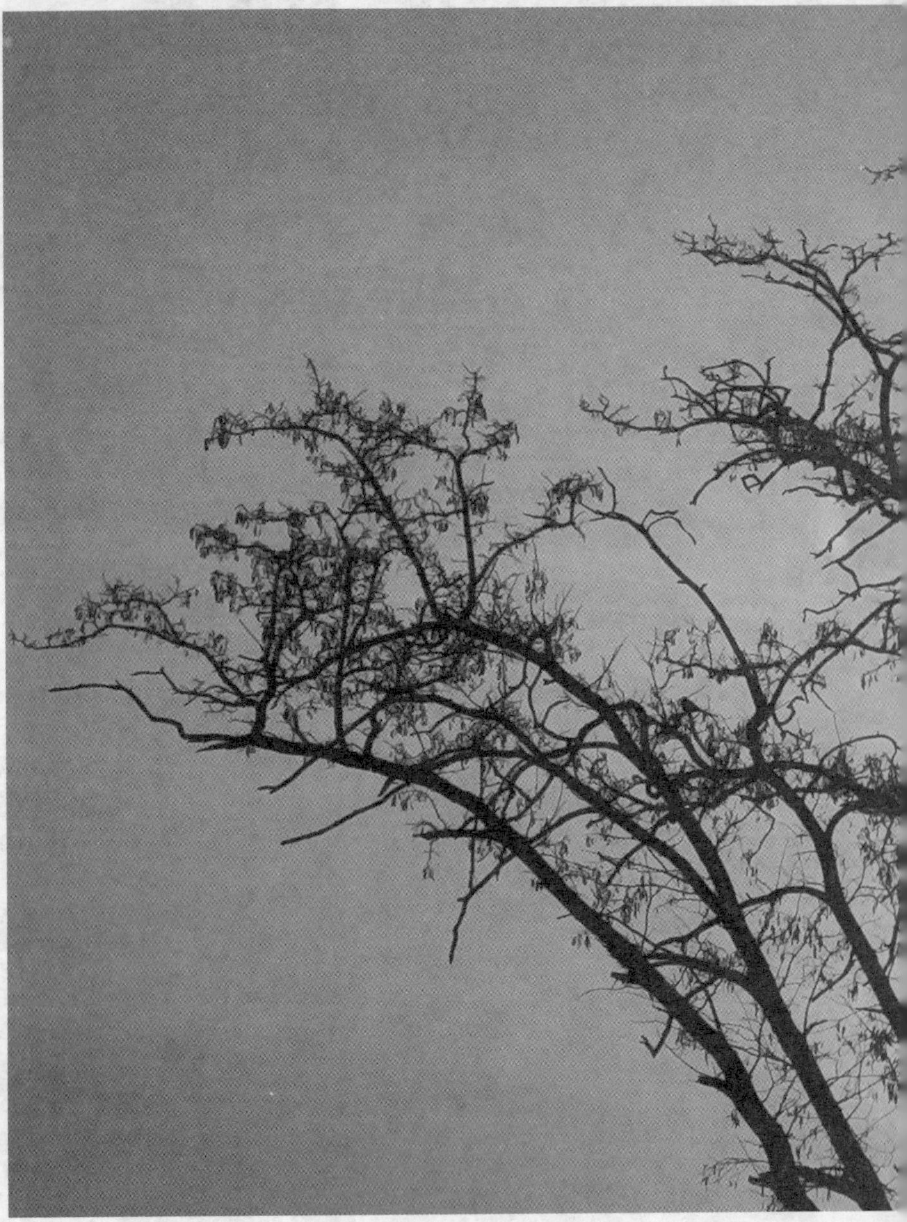

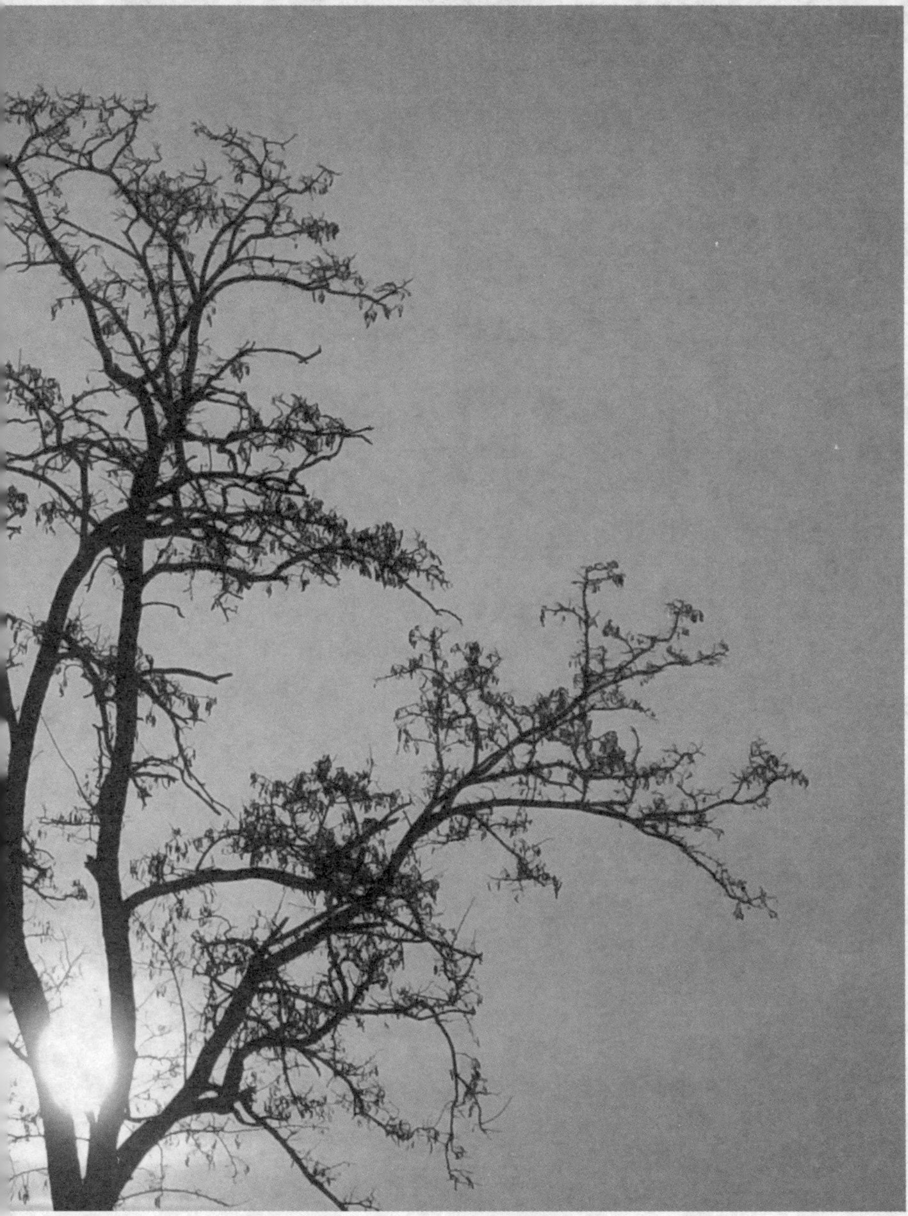

云中漫步

离地三尺。重力,开始逃逸
问题。就像夜空
警觉每一颗坠落的流星

而飞翔始终要舒缓自如
犹如一只挑着担子低头赶路的
山鸟,不疾不徐

漫步云道,不需要过多讶异
所有的云影,梦幻……都是你的
前世今生——灵光乍现

瞬间一幕接着一幕地消忘
似曾相识,又不知从何说起
我喜欢在云道上漫步
像一个流浪在沙滩上的孩子

每遇到一朵彩云,仿如捡到
一枚陌生的贝壳,用粗布衣角

细细擦拭,细细珍藏

像水手散落在倒悬天河之中的余温
除了眼前几处烧焦的闪电
没有匝斜,也没有红幡

些许的颠簸
都是月光遗失在云波中孤独的震颤
我感喟云道,你让我半世借风拦雨
不停地寻找

寻找云岭深处,爷爷刀刻般的额头
寻找云亩尽端白头巾攒动的沟壑渠槽

大 雨

此刻乌云背鳞翕合
接受大气注水

海洋之枭
缓慢竖起它的黑旗

张家井,李家泉
麾下像千家万户催发的烟

而如此散漫的天空
只需一声疾雷

苍穹便狂野如瀑

锈在了一起

下雨,或者放晴
属天上事

我只能吹干头发
拢拢悲欣

尽可能,让机窗
洁净而旷远

看吧,空中的云亩

方犁,弯镰
断把的铁锹

逐日都锈在了一起

熬得起山岳
倚得住星河

乌云腹地

沿着一条越来越窄的小河
抵达空中,乌云的腹地

这里有翅翼的薄冰
晒干的厚雪

而洞穴中,磁石隐烁
黑夜里胜似万千电火

它们丈量善恶,亦滋养庄稼

你看,庙宇的门楣上
正挂着老百姓辟邪的年画

老天爷的马

独自一人,来到
被夜色包裹的果园
取一叶凉露与你对饮

想抚摸你结实的胸膛
棕黄的背甲
想用你不喜沉默的舌头
舔舐出我童年对蟋蟀的痴迷

记得那时候的灶台温热
墙土坚硬
妈妈常用她那皱裂的手
指着身披雾霭的你说:
"孩子,这是老天爷的马"

让黑暗彻夜诉说明亮

我在天空缓行,云亩
像被拧绞过的灰湿的宽布

无论你如何凝视

除了晚星遗失的光斑
没有任何固定的意象可供捕捉

仿佛一道苦粝的辙迹中唯有胶皮
滴落的饥饿

如今深秋已经闭关,索性:树和叶子
都一起落了吧

到厚实的云亩里寻根合葬
好让黑暗彻夜诉说明亮

呼　唤

当地球开始切割拂晓的磁力线
我和夜，慢慢醒来

此刻，众鸟飞腾于峡谷
港口熄了灯塔
河流在大地上奔流
舟船航行于海上

守夜人也已听到远山的呼唤

无 限

一束光,从云的撕裂间

无限的金色之箭射向大地

无限的河流

无限的草原和雪山

仅仅是,一束光从云的撕裂间涌出

多像我们的母亲

从子宫里娩出撕裂间的疼痛

给了我们无限的光明

午后　云上

舷窗外　没有
谷粒　没有花朵

天空　不晃动
云亩　封耕

在我的身体里
藏有日晷的影子

长的　是忧伤
短的　是欢喜

天空之舞

冬月,气象平稳
空中细碎的银两,底色硬朗
一块块悬滞的石头凸显在
光芒的上方

两架重型的喷气机,以轰响的
旋转启幕
这宿命中的相遇
把天际线的秘密喷涂在蓝宇深处

远离拥挤的城市和喧嚣的街道
我慢慢剥离着恍惚的意境

飞起来吧
我爱上了这圣洁的天空之舞
爱上这穿越时空
与群山的契约和速度

此 刻

二等座的车厢,更像移动的胡同

重行李,各色的衣服
有力的机轮
驰奔在广阔的平原

坐在身后的小姑娘
用她纤细的手指碰了碰我
"我够不着,可否帮我拿一下"
身材不高的我,仿佛一下子
长了许多

我把箱子轻轻取下,放好
"谢谢大哥"
柔若邻家女孩阳春下
隔墙的一句谢词

我呷一口热茶,眺望窗外
金子般的光线,越过水塘

越过甸草

越过苍茫而温煦的田野
映照着恰如其分的此刻

多看了一个日落

或许　是日头烤焦了
天空的大海

一路的颠簸
仿若炸开了锅的盐

云层和口罩一样
反正都是阻隔

让人既看不到山
也赚不了钱

这是我新年的首飞

没写一句诗
没想一件事

安全准点　比人间
还多看了一个日落

稳定性

一个寒冬的清晨
我站在山岙

看到光的波浪
倾泻而下

沿着天空的海岸

小树看到了
斑鸠也看到了

金色的希望涌来

泥土里被黑暗
和潮湿抱紧的虫子

稳定性
像腐叶散发的香气

生 活

天这么冷

我不知道自己为何
还要出门

无意间
我抬头看到一只鸟
它土色瘦小
用力在风中拍翅膀

它每拍一下
我就觉着脖子里
钻进
一股冰凉的风

哦　小鸟
你另有别事
我无所事事

可是生活

让你我一样压力重重

还是方才那群年轻人

侧转。干净的阳光
经机身折射。舷窗下
一条长嘴鸥般完整的
溪谷渐次明烁

像一面被摔碎的镜子
我趴在移动悬崖之上
俯瞰
溪边女孩们正歪头撩水
各自梳洗着小辫

半山间的小伙子露显出
一排排精硕的肋骨
然而仅仅过了几个秒钟
坡度改平。溪谷便倏尔

不见,消弭于沉默
那曲美如小辫子的山径
比邻若精骨的梯田
还是方才那群年轻人

心境一种

环形的山谷蓄满
蒸腾的白雾

像大山端着一碗
刚出锅的头酒

望着天空,它不喝
它只是端着

仿若一个长情的人
在思索或者告慰

败走的海水

败走的海水,撕碎
自己复印的遗言

吞咽咆哮。浑厚,低沉
顺次的海湾像滚动的车轮

不怕无畏的海水
你掌控着全世界的盐

无论你在哪里流浪
都能体味到故土的咸涩

群　山

群山沉睡。像宇宙之海
遗留下的鲸落

碑岩林立。又像众仙家
散场丢弃的一副烂牌

它们覆盖着白雪的棉被
它们做着云霞的梦

万顷葱郁洒满透明的爱

我俯瞰群山。发现自己
也处在青石眼睛的中央

仿如一颗白昼的流星
已经迷茫到没日没夜

呵，古老的群山
你持续沉默

或许曾经

人生和我一样无法言说

最高贵的孤独

天空没有依靠
也没有陈述

压低蓝帽子
一个人坐在宇宙

寂寞难耐
会释放一场豪雨

决不让眼泪落单

万米高空
羽毛都具神迹

飞技熟稔,标准
没有网,也没有枪

日头和月亮
伟大到一言不发

某种宽恕

日出，没有诗意
日落，依然没有

飞了一整天
我揉了揉晒痛的双眼

忽而看到宇宙的深弧
放出几颗银色小星

零落在天空的头顶
像喜悦的开始

仿佛默立了一季的垂柳
最终得到了某种宽恕

冬 至

太阳升起来了
你起床最晚的一个早晨

光线　齐刷刷漫过山梁
像一把梳子　自上而下

梳过松柏　梳过碑石
梳过山岙野草的枯发

太阳落山了
你下班最早的一个黄昏

光线　从下而上

梳过枯草　梳过碑石
梳过直挺挺的松柏

哦　还是那把梳子

让一切曾经很躁郁的事物

彻底安静下来

黑黑的小手

哦　葡萄
你黑黑的小手

紧紧扒住二楼的窗棂
像被岁月锈住的牵挂

我在远方
想到了你

你扒在窗口
照看着我的妈妈

哦　葡萄
你黑黑的小手

云上的夜晚

有些时候
我的夜晚是在云上度过的

寂静　深邃
像坐在一眼井里

井口有群星闪烁
井底有灯火隐约

而我不喜欢怅惘

只希望和井水一样
能够自我澄清一下

一杯天上的水

刺破风暴的皮鼓。夕阳
持万刃宝剑

斩落天驼的双峰
挥散始祖鸟的阴影，瀑泻而下

群山低头
众海拂袖

只有一隅无名的小湖塘
拜下这束远途的光

俯瞰被金质封釉的池面

像龙瞳
像凤眼

像一杯天上的水，羁押着

深秋失魂的月色
盛夏烧毁的闪电

云 田

天空有万亩云田
风调雨顺却无人耕种

选择一条固有老航线
我种下棉花和稻菽

到了正午
棉花开成一座座雪山

接近昏晓
稻菽荡开一条条沙河

不谈爱情也不谈生灭
自由自在，无心无念

走过荷塘

过了小暑。雨湖
秩序落定

莲叶收拢,有了
坐姿和高冠

而垂柳依旧
低垂

新生的水
使它忧伤齐腰

你走过荷塘
倒影摇摇摆摆

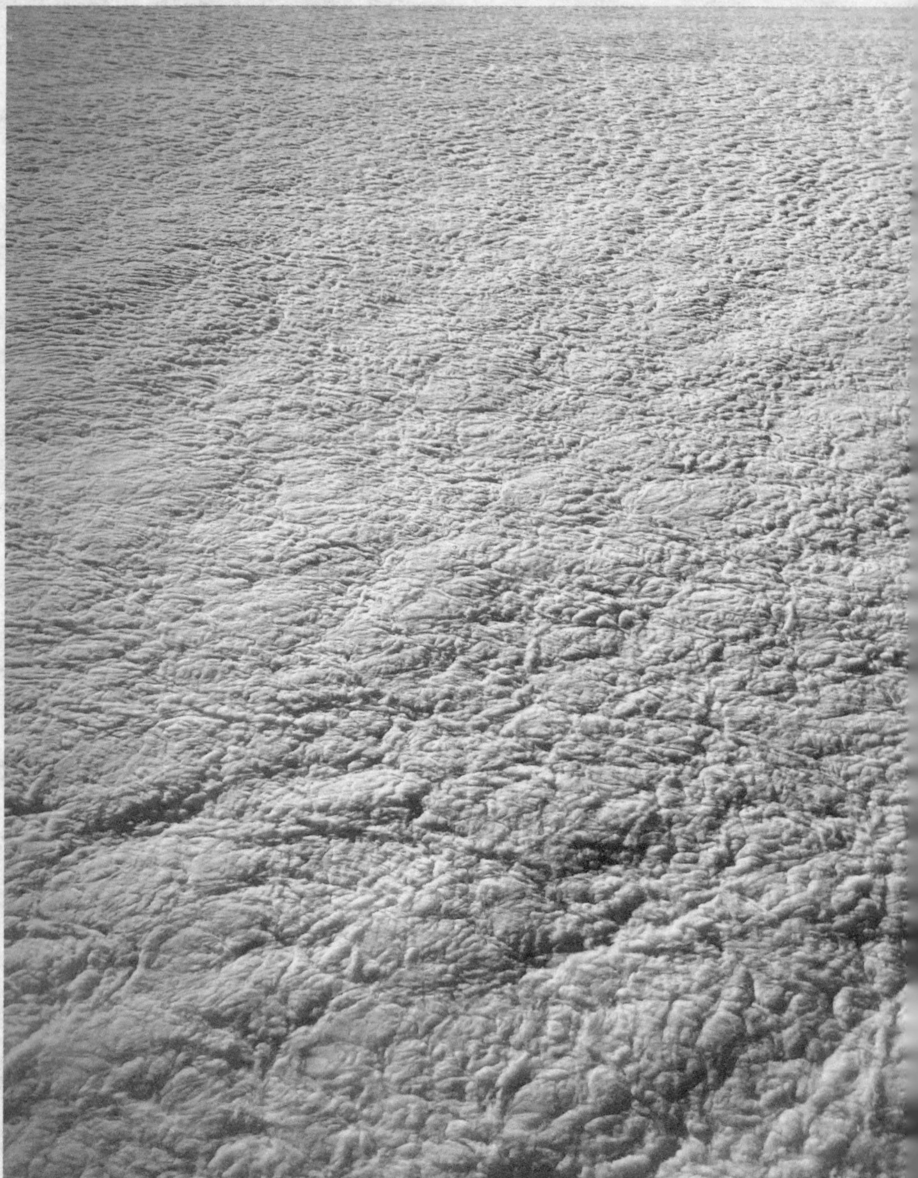

垂直呼吸

或许就是一夜的劲吹
白杨已开始长戟迎风

一行原地苦修的僧众
青衫素面仰望星空

扎根泥土
甘做残垣贫郊的葱郁

碎叶印叠
深谙尘世虚幻的重影

一生没有太多的追问
却有谅解刀斧的思境

你微笑萌生微笑舍弃
在天地之间垂直呼吸

浮 云

夕阳给每一朵仰卧的云
镀上一袭锦衣

像一块块金色的巨石

它们收起魁拔一样的脚手
藏匿霹雳缠绕的舌头

把嫉妒与狭隘
都散落在广袤的天空

只剩下安眠和沉默以及
适合被清风吹拂的躯壳

或许此刻它们是得道的
渡鸦,止语诋毁的聒噪

亦或许是一截截觉悟的
朽木,忘却曾经的斧刀

整个下午

或许，只有时间可以
在虚烟中站立。抑或

只有沉默和沉默能交换
黑暗的词句

小窗为了一朵云，找遍了
整座天空。而燃烧的风
迅疾而顽劣

让呼啸的疼痛于光线的
碎屑里隐踪，焚身

整个下午
我在寂寥的云冢间
搜寻那个被遗忘压实的故人

山风吹来

一阵山风吹来
声音如被炒热的沙子

明明清凉的松林,此刻
仿若是被高擎的绿色火焰

不知为何
刚刚想到高树的夏冠

一只黑鸟从山脚掠起
擦过山顶的树梢

我听到黑鸟喉鸣喑哑
像发动机在斤斗顶点的振喘

我的左手和右手

我用左手飞行,我用
右手写字

遇到尴尬
我习惯用右手护住左手

像秋后浴霜深垂的丝瓜
更像共赴国难的兄弟!

我的左手受控于右脑
思路清晰

它可以确保飞机的平稳
让每一条生命安妥

我的右手粗糙而强悍
可以干农活

也可以写点拙劣的文字
自娱自乐

星空下了一夜的雪

星空下了一夜的雪。高天
云亩万里绝迹

飞机顶着白炽的太阳缓行
茫然,在这里是枚动词

没有断枝,没有村舍
坠落雪中,依旧蹦蹦跳跳的星子

使漫途更加颠沛流离
此刻
我忽然感怀到人间的幸福

那里有小路,有山川河流
有四季的花开花落

当然也有绵绵无尽的思念
就像今夜星空下的雪

让整个地球一夜白头

测 量

天上一天，地上一年
如何测量

活着的人
都已经过了很多天

依然活着，依然不承认失败
直到被锤入
一根棺木的长钉

而对天空的形容
大家都知道

黎明陡峭，落日雄浑
承认失败也呈现欢愉

像卡夫卡笔下
测量员 K 的那把尺子

明月走

我喜欢舒云不间断裂变
夜半的月亮

像玉米地一只瞄准的眼
欲拨开一切障碍

也像朽木藤廊一盏孤灯
寻找永远走失的人

明月疾走,大风搜索
山海仰望一场旷世追捕

我借金属翅膀一路跃升
猛然拱出云层

明月即瞬时停止
仿如魔术师本身固有的警惕

沙 滩

黄昏。阳光撤出海湾
金子般逃逸

褶皱，无绪。仿如
牧民的旧头巾

大海，依然若无其事
松开大关节的手指

拂袖而去
留下分行文字

海螺听管弯曲
小虾重奏箜篌

沙滩就像一盘散沙

黄 昏

在黄昏的巨瞳里
尖锐的火苗喊叫

佛坐拥金山
虚妄膜拜的彼岸

轮日仿若弧形陀箍
熔逝自己

让黑夜披头散发

而今天像一片秋叶
在沉默中缓慢褪色

雨中的树

还是窗外的那棵树

没有阳光
没有影子

甚至
没有一条小虫

一棵孤寂的树
它站在雨里
越淋越绿

好像自己也在下雨

蜗　牛

它爬行缓慢。像一封
等不到的回信

它锁紧环形的秘柜

扣住流水
丢弃鼓槌

在苔檐或者瓮底
细听人间滴滴清苦

我和你境遇差不多
浮游在黏稠的中年

随时被碾碎的甲壳下
孱弱而负重的肉身

咀　嚼

几日就要立秋
天空开始往最高处塌陷
驳落的云

有的浮游山野
有的沉入湖塘

它们都很轻
像蚂蚁迎接一片片黄叶

不用躲闪
航路也在脱水
发动机切割声更加清脆

隐匿在空气中的流水
或者流言

都抵不过
空中这头耕牛的咀嚼
哪怕盛夏的肱骨

凉　境

珠海返航北京。午后的
太阳在玻璃窗筛滤下

弥散着一种做旧的昏黄

像陈年的假酒抑或
泥坯老屋斑驳的土墙

我在天上迅疾地慢走
仿如一辆沙漠迎风的卡车

偶有喷气机相向滑过
云亩远空闪过高背的镰光

这是一种垂直的凉境
竖起人间众兽的秋毫

首都机场附近的一棵树

首都机场附近的高岗上
有一棵树

没有果实,也没有鸟儿
飞入它的怀中

哦,一棵孤零零的树

为那只永远不可能降落的铁鸟
它准备了不存在的巢窠

并将所有无望的守候,放入它
愈来愈轻的虚空

片　场

黄昏。天空有云也有烟
仿如拍摄森牢酷刑的片场

日头在离去之前
于西岸放置一柄柄金剑

那不是一种骄奢
而是太阳武士告别的礼祭

缺失了自然光
大地开始恢复受困的局面

道路像一根根着了火的绳子
绑住城市，勒紧乡村

大海劝慰着高山
一起消弭在灰茫的沉默中

人间缓慢升起清晰的痛苦

夜 雨

乌云像一列装满重器的火车
奔驰在无轨的夜空

撞击或者焊接
都是短暂的意外

厢体终将冲进大海

雨瀑仿若一把高背的椅子
模拟着落叶的旋转

稳当了，也就结束了

而大地依然苍茫一片
无风无雨，无你无我

出　浴

半夜，绕飞雷暴，航越一座荒山

空谷静幽
苔石叠重

我看到月亮和闪电
在涧水同浴

这是最圣洁的胴体
这是最正义的佩剑

薄雾的带子
虫豸的萤火

都悬滞于一段澄澈的光影中

飞行迅疾
转瞬即逝

当星空再次反转它蓝色的帽檐

我抬起头——

刚出浴的月亮望着我

重甲的闪电望着月亮

一小片黑暗

雨点突破沉默的乌云
天空瞬时降低穹面

仿若被虚构压沉的逻辑

每一朵云和每一块土地的
关系也就是一小片黑暗

它罩蔽着焦渴的喊叫
它滋润着播种的高潮

像事物各自拥有的命运

在你我掌纹的沟壑之中
都会有这么一小片黑暗

譬如中年自慰假借的强欢
抑或青春郁情痛哭的笔尖

松　塔

正午。我对着一枚
松塔出神

它有鳞。它排列意志
它心中暗藏波涛

它是从大洋彼岸走来的一棵树

你看不到它的柔软部分
无法区分它干裂的表情

即使在焚烧的香火里
它也不受戒任何图腾

它是一首立体诗歌
通体挂满自己泥泞的脚印

炭　火

近些日子
我经常巡航于高原

像一只
刚换过羽毛的中年鹰

云朵松闲
顺着西风散列若冢

看起来像失重的河堤
被赋予天空

这些流动或者缓逝的
是时间生发的黄土

越贫瘠就越浓稠
禾苗偎着祖先的体温
仿若天堂里的炭火

我心中的母亲河

多么幸运,我在一个湿地
遇见你。

依然是平静如许的萧索,
依然是拒人千里的浑浊

你是滚滚流淌着的荒漠

如果说
你挟裹的每一粒沙
都是一座雄伟的巴颜喀拉山

那么你率领的每一个漩涡
都是一条我心中的母亲河

走向冬天的湖

年迈的湖,在山脚之下
哑口无言

深秋
湖水进一步抬高湖岸

绿藓挂满小鱼的齿痕
遒劲,蜿蜒。仿如

一个走向冬天的莽汉

湖每年都会吞下雨水
也包括它不愿吞没的岸

就像持续中性的泥土
每年生坏人,也埋好人

到达冬天的湖,躺在
覆雪的冬夜,仰望星空

在天青色的巨碑上查找
曾于湖边怅惘过的灵魂

让你喘息，让你进出

让你喘息
让你进出

我爱你　柔软的天空

海水漫灌
群山死寂

哦　而只有你　天空

让我自由喘息
让我自由进出

黑夜里，一滴无用的墨

没有一点儿暗示。黄昏
天空就下起雨来

也许是想起了一件往事

醒着的诗人，燃一支烟
像山岙内一块失眠的石头

叼着一截流星的尾巴

我仿若黑夜一滴无用的墨
在雨水里无限放大

更雄伟的山，更广阔的海
和心底更加自由的天空

云很淡

云很淡,不是云一样
像老者的一缕胡须

也好似微风中一朵
回头的浪花

我也很淡
慢慢压着坡度盘旋
让均匀的下滑弧线

在干净的跑道上
落下最轻盈的一笔

夜 空

那些俊俏的雀斑，浮现
在柔美的夜空

散发宇宙熹微的她
涂刷着黎明的砾岩

多么冷艳的一张脸

天庭没有冰，没有雪
通常把严寒叫作寂静

相距遥远，我不过是
迢迢河汉的一粒粟米

半躺在驾驶舱中漫游
以婴儿般的眼睛观星

像蚂蚁瞳孔里的萤火

天空一直闭着眼睛

俏丽的拂晓,或者
雄浑的落日

老迈的天空一直
闭着眼睛

像是有难言的话

无数次我都试图
穿透天地之线

但飞得越高,它的
眼睑就越低垂

仿如一尊佛,掌辖
一切虚妄的自由

花不知道自己叫开放

公园小路边的这群格桑花
开放很久了

像一把把等待雨天的小伞

它们在三百纳米的
波长里舒展自己的红色

仿若一群高原孩子的脸

我每天清晨从这里走过
以光量子的方式亲密交谈

都很沉默，也很温和

它们不知道自己叫开放
我也不知道自己是一朵花

石 头

每一块石头在山里
都有它的位置

它们之间没有话题
它们沉默

它们不屑暴雨的激辩
也不附庸轻佻的小风

它们有自己的黑暗
也有自己的明亮

它们无心
不会被一朵桃花搬动

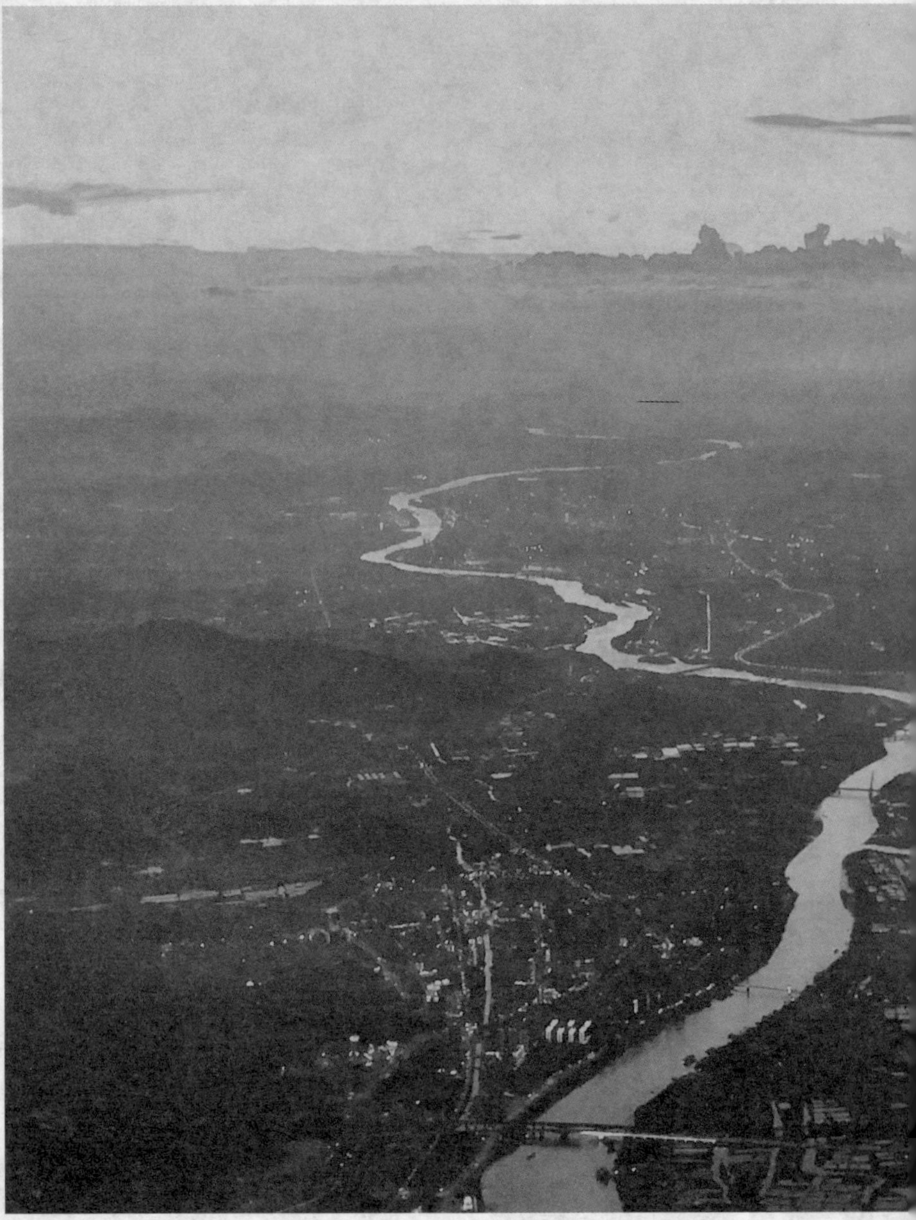

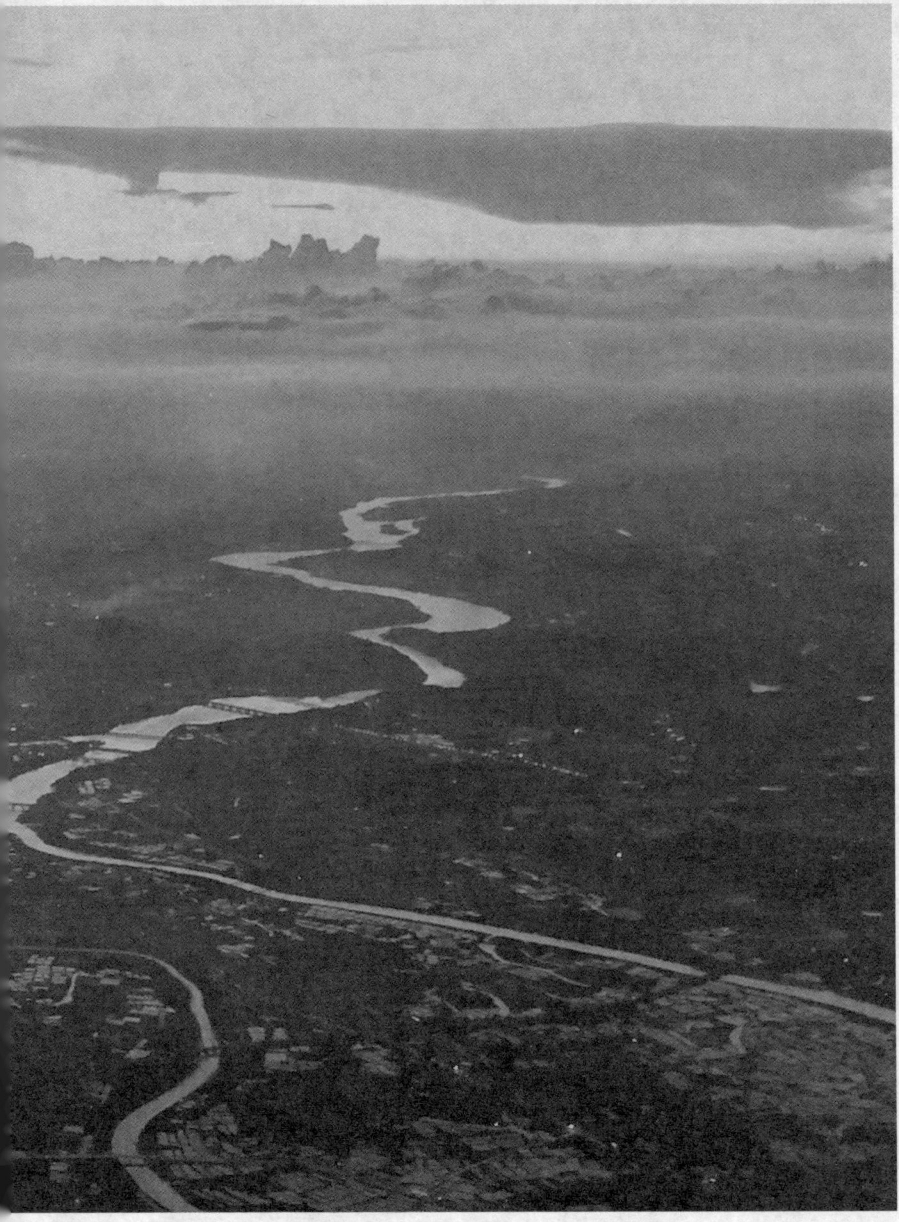

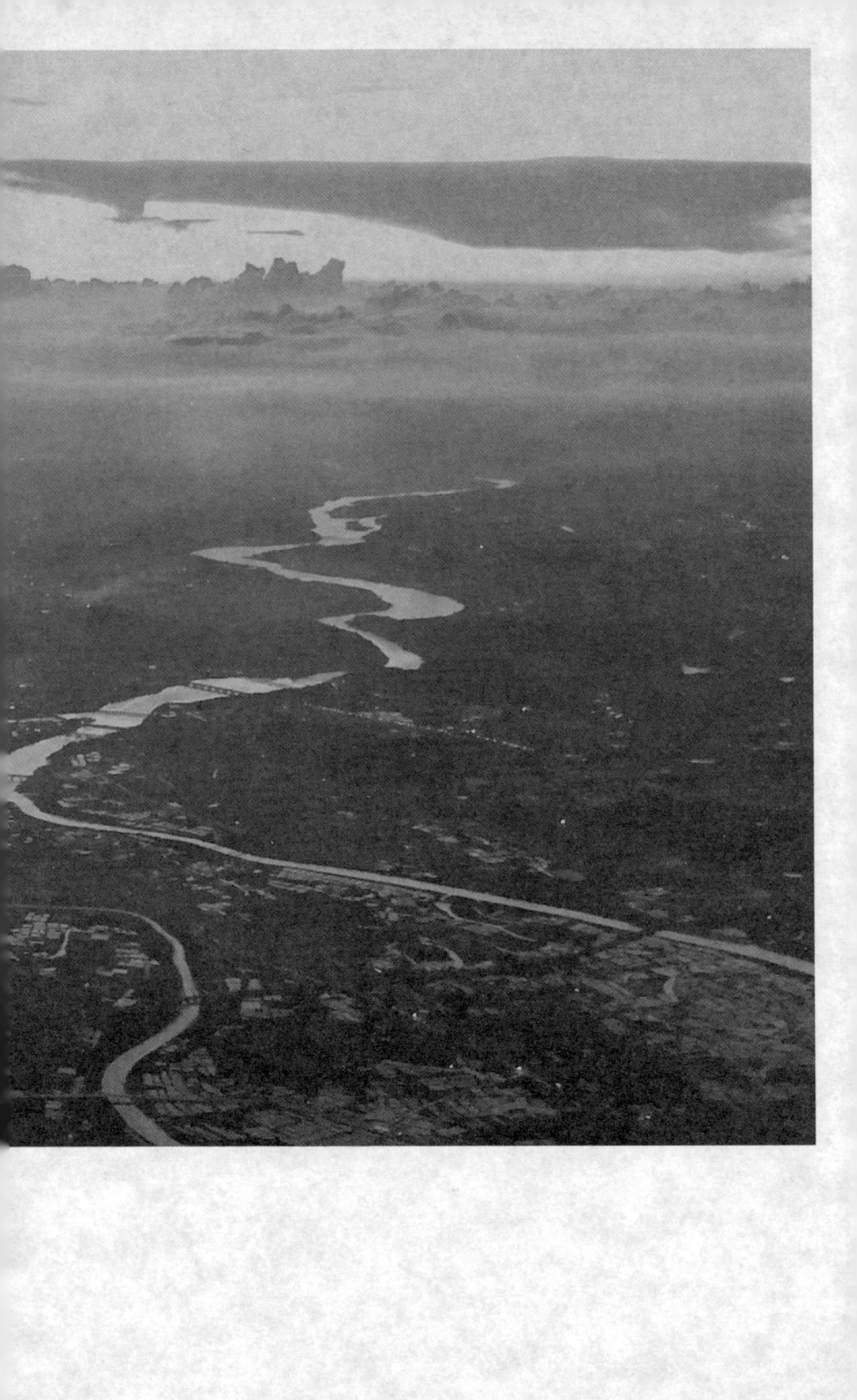

那些小跑道

我曾经飞过许多的小跑道
像横七竖八的掌纹
躺在我温暖而苍郁的手心

有高原吹沙的格尔木
也有洋流环绕的马绍尔

有大漠孤烟的柳树泉
也有白雪皑皑的马加丹

它们啊,都是我生命中
一动不动的过客

有时候,握一握自己的手
就仿佛有点走遍天下的感觉

九 月

偌大的青空之城,只有天际一环

退役的史前巨兽或仰或卧
雪狮,灵鹿,飞豹,阔肩的犀牛

仙人早已远去,它们被集体失音
让旧事疏于相互辨认
谎言也不再会轻易跌落人间

我在新的云漠中踟躅,常有假想
这一切都是风的记忆

它们的变换已经成为一种象征
被季节嵌进九月

飘着的

虚轻的事物都飘着

像云彩
像灵魂

沉重的事物也飘着

像地球
像星辰

而我怀揣着
不轻不重的心情

有时候,以珠峰为桨
瞒天过海

有时候,以蕉叶为帆
航越沉默

握　住

手喜欢握住事物
像炎热喜欢握住劳作

我也喜欢握住
譬如驾驶杆
或者一支笔

即使两手空空
我也习惯把手
揣进裤兜

哪怕握住一小团沉默

桐 树

下午,父亲说老家的
小寒死了
年龄比我要小两岁

我的记忆里,他人瘦小
而院子里的
桐树却是又高又大

在那个时候我们尚
年幼,还不知道

"缺月挂疏桐"的伤感
偶尔也会听到村子里的
老木匠讲述:桐树可以

做乐器,也可以做棺材

走过一条小路

被秋雨洗过
夜空的星月明亮

小路
少了盛夏的行人

螽斯，蟋蟀或者
是土蛙

把喉咙涨满嘶唱
像一个个

从深坑竭力攀爬的人

我独自一人
走在熟悉的小路上

今年的树叶，路边
浮土和埋在土里的寂静

经过一场大雪之后
大家,还会相认吗

蝴蝶的骨骼

我终于看到,蝴蝶拥有
火焰的翅纹
在一个深秋的黄昏
卧在天际
像被晨露打散的一抹炫彩

这并不是庄子的蝴蝶
而是空中镉着金子的流云
它用触须拨开无限的辽阔
描摹夕霞的斑驳
在割草机卷起的漫天风暴中
它拥有了一副闪电的骨骼

漫天垂泣的秋虫

细看明月的人
注定更加孤独

我端坐在夜空

穿过层云,翼上
瑟瑟发抖的辰星

像漫天垂泣的秋虫

九月的天空

九月的天空寂静,午后
雾曦把云谷填满

喝醉了的山喷薄着酒精的白气

几处互不连接的丘垛
或躺,或卧。像战后

被炮火震聋的钟

我几乎每周都从这里经过
受众光的簇拥

我仿如一只银蝴蝶
平静,藏匿着翼翅的折痕

有谁能比贫穷更伟大呢

细聆高湖思潮的低音
或许,在我昨夜睡着的时候
雨一直在下

天空总有下不完的雨
清晨,路边的马唐用手捧着
天空分给自己的雨

像碎银,更像浅笑。剩留多少
还要取自在枝头嬉戏的光

夏草,你以草芥之躯生灭轮回
年月无言,不喜不悲
试问有谁能比贫穷更伟大呢

泥做的玻璃

深秋,平原的庄稼,停止
最后一轮的生长

房子拨开头顶的榆树叶
遥望天空

我在天空路过,刚刚好
也看到它们苍郁的眼睛

古老的房子啊
请你侧一下身

替我擦亮那泥做的玻璃

让躺在地下的人
看看十月的白云

两颗舍利

农历,六月初二

一枚孤星
一弯细月

镶在西天蓝色的腹腔

亿万年来,海水
永远灭不了群山的冷火

你就燃烧吧,夕阳

只要让我看清
那两颗晶亮的舍利

黄昏就已往生

晨雨过后

清晨的雨停了
天空表情模糊
像一个没有洗净脸的孩子

秋蝉病情加重
声音里注满盐水

小腹绷紧了嘶叫
仿佛在锯着自己的大腿

晨雨过后
我听出了时间的绝望
远处宽仁的海岸步步退让

邻 居

秋天缓慢走进了
树林的深处

一棵银杏的叶子
被新露环形烧蚀

像一柄柄生了锈的
小铲子

风吹过,一铲一铲
荡涤着清凉的风

隔壁的臭椿
住满肥硕的虫子

它均匀的门廊
接近巴洛克的椭圆

但我觉得它更契合

古老的月光

哦,银杏和臭椿
一对幸福的邻居

它们共同期待着
大雪封山后的寂静

像天空一样任性

或许,很多人和我有
同样的感触

庚子年已过了大半
却诸事无成

开始珍惜粮食和钱
而忧伤的词若落叶

夹杂不确定的安静

我偶尔坐在路边的
白净的条石上

怜悯一畦被驯养过的
绿草,细密整齐

在雪里也要蜷瑟着
湿薄的春意

此刻天空选择不下雨
随意放出完败的烟缕

同它要下雨一样任性
曾在大风中横着走的雨兽

陌生的亲近

如果你从飞机的侧窗
伸出手
白云一定会
给你一个柔软的虚握

陌生而亲近
你我都活在鸠摩罗什的
如是空妄

就像一双云状的大手
可以抚慰生活的伤痛
但无法掬起心中的清流

希 望

农民把种子种进土地
和诗意只有一根草的缝隙

天空把阳光种在田野
铺就几块山岗和坡地

孩子把诗歌种进梦里
那是三月微笑的模样

我把生活种进未来
在蓝天的云亩中耕耘

看远方的日头在东方落下
感到期望的眼神从背后慢慢靠近

重 影

盛夏的午后,空气溽热

天上,人间
都恹恹欲睡

我在低飞,确实看到了
汲水的诸神——

以灶囱般的云柱为井
牵着灼灼的日光

一桶,一桶……

从大地向天空搬运海水
抑或是炊烟

是的,这累积成涌的蔚蓝
不过是太阳晾晒的一滴汗

它仅反射晶盐的光芒
只重影劳作的弯曲

不管你是大神还是小仙

专 注

我用手机偷偷地拉近
坐在对面的母亲

她在择一株秋菠菜

头发有些花白
手指有些皲裂

但神情却无比专注

她曾经也这么专注过
看着小时候怀里的我

一片一片。枯叶若雪
在母亲指间专注下着

下在我的脸上化成水

夜　钓

夜航，侧翼巨幅的壁画之下
我无法辨认出
是谁，用一把勺子在夜钓

那黄铜色的月焰，照彻
寒雾弥漫的河岸

寂寞深垂
风烟无边

是啊，和空行的大海一样

天不管再怎么苍茫，永远
也不会塌下来

重新听到花开的声音

清晨。我看到麻脸核桃
早勤蜜蜂和倾听的花朵

山枣树的刺叶油绿而闪亮

农民在短短几日就迅疾
解散了所有麦子。镰刀

永远锈腐成一个过期的隐喻

布谷鸟的啭音依然含糊饶舌
让石阶愈加悠远充盈着古意

仿佛一场大雪之后我又重新
听到了寂静与花开的声音

飞越沙尘暴

黄沙漫天。让我怀疑

有一万架直升机在编队
有一千头雄狮转过脸
暴风之中
大地之书一页一页狂翻

如果能飞得再高一点

黄沙漫天。我还可看到
棕熊,耸动巨硕的厚背
咆哮着听不懂的方言

宽鳍的沙群,超重起飞
像脚骨"咔咔"作响
不愿回头的一座座小山

黄沙漫天。最后
它终究还是要回归安静

如我曾经放弃过的一个又一个
还在灰烬里闪光的理想
既瞒不了天,也过不了海

满　溢

黄昏，飞机在一座小城上空
压坡度转弯
让我看到一条环绕着它的河
几乎是一条河的全貌
蜿蜒有力
像看到了一条爬过矮墙的蛇
我不知道这条河
为什么有宽有窄
为什么曲折无尽
更不知道它为什么名字叫河
但是
当月亮升起来
当笛声吹过去
当层层叠叠的房舍静若窟穴
有这些风物的存依
河水对生命呈现出的幸福感
是多么的满溢

乡 下

很明显,飞机到了高空
爬升也很吃力
像一头挺着脖子的耕牛
有艳阳,有宽阔
有自己日日重建的广场
但它不像城市的中心
没有红眼睛的鹰
没有白肚皮的鱼
没有山火或者大海的荒弃
这些黎明和傍晚都有
它们是乡下
是"乡下"成就了天空
是乡下人建造了城市
乡下,有一筐一筐的好词

大 河

西向巡航，沿着一条大河，母亲河
空中俯瞰
它像一把长柄的勺子
黄色的米，黄色的汤，黄色的潺淙

晨晓，千里鸡鸣；昏暮，万里炊烟
带着时光的记忆
水的影子越拉越长，越拉越亮

喷气机追踪着它轰鸣而下的绝唱
面对这条大河
我早已倾尽内心所有的颂词

燃烧的磁铁

风暴,善于攻心
随便在江头一坐
树欲静
而风不止

人过中年
我也经常会把自己坐进黑夜
繁星的岩洞
看每一块磁铁都在燃烧

呵,那茫然,灰烬,无觅处
多像我内心的风暴

失语的浮冰

飞机即将飞越济南
一阵颠簸袭来

俯瞰　查询
原来是黄河在搬运

把壶口瀑布的喧嚣
正以浮冰的形式

送往广阔的大海
就像人世间的你和我

哭喊着闯进生活
终会又被哭喊着搬运　离开

静若一块块失语的浮冰

无名之辈

一只早春的鸟。透过
机场防鸟网巨硕的宽瞳
被我远远地看见

它细细的小腿悬垂,似乎
彻底放弃了
它细细的脖颈

它没有完成最后一次飞翔
但是它完成了
生命中最后一次穿越

它是一个勇敢的孩子
或者一位年轻的妈妈
它是抓痛我心尖的
无名之辈

没有任何一朵云欲求名满天下

无数个平常的日子,于天空
我飞来飞去
会遇到各式各样的云
有白色的云
也有黑色的云
它们有的像一片袈裟

有的像一座空城
有的飘着飘着就没了
有的倾尽一场豪雨后
悄然自动褪尽
它们也都和我一样

上不挨天
下不接地
每一天都匆匆了断生灭
没有任何一朵云
久居天空,而欲求名满天下

但我却是

不停在虚无和现实之间轮转

一会儿飘飘欲仙

一会儿又被充满

日落就是你人间的事情

我坐在天空看"向晚"
很宏大,很寂寥
没有远山
没有近海
没有微风拂过沙滩

小鬼一样的几朵云
阴着酱色的脸
一看就是六亲不认
或者万念俱灰
仿佛日落就是你人间的事情

只有"坐井观天"的蛙
独独
看到了大事物的归临

立在人间
振臂高呼

像是在欢迎
也像是嘲讽

野蜂悬停于一朵嗡嗡的小花

多好的五月啊
夕阳稳定
生长稳定
鸟鸣倦怠

很容易就按住我一颗
坐在树下的心

再没有那
看不尽的烦乱了

野蜂悬停于路边
一朵嗡嗡的小花

大海依然毫无新意

眼前一片海奔赴而来
狂若蝮蛇赶潮

扭动它们滑腻的腹鳞
摔打
回头
像分行而节制的诗歌

它就是一片中年的海
宏大
浩渺
你虽用尽了各种比喻

它依然毫无新意

我喜欢它腌渍的平淡
胜过一代盐主的本身

海底的日落

高天的夕晖,穿过

乌云的爆发
覆满密织的海面

这些染色的光啊

被小鱼眼睛接住
由晶盐层层转述

给深沟中
那些被压扁了的虾蟹

它们没有眼睛
它们看到日落

它们把海底沉寂的词

气泡一样

吹送人间

化作漫天阅读的星辰

七点五十的黄昏

七点五十的黄昏。天边
一颗小星,照看着一座破败的宫殿

在避风的沙丘
转过头的瞬间

我看到哑暗的云漠
全盘托出
它无限虚无的辽阔

一寸一寸挨近吧

云层之下
人间灯火正辉煌

我将不得不
重新低下头

但绝不是为了迎合
这披头散发的黑夜

绕 飞

今夜。有乱云,有霹雳

我绕来绕去
我弯弯曲曲

像一条探寻星光的蚯蚓

那些风雨
那些雷电

仅仅是一种良善的存在
是诸神的法器

它们都身披辽阔
它们都心怀天下

终点站

它们终于到来了

以汇聚的力,挽住
一条条生锈的河

越来越宽
看似入海口的模样

我见不到一点波光
也没有荡漾

每个旅人
拉着一个长条箱子
像小舢板

对的,它就是人海

只给汹涌
不给肺

摇篮曲

我看到了巨大的覆盖
仰望夜空的雪山也看到了

欣赏雀斑隐约而
俊俏的脸

谁也不敢用无耻的眼睛

在这个温暖的
多维的深蓝色的子宫里

挑担的，狩猎的
阅读的，假寐的

麻巾束髻的老祖母痴忆
摇篮内错着辈分的星星

巨大的覆盖看到了我
也看到了仰望夜空的雪山

云朵都开在我的脸上

北京飞珠海

清晨
侧窗有霞光

珠海回北京

黄昏
侧窗有夕阳

一天到晚,云朵
都开在我的脸上

子虚乌有

端午雨后,云彩云集
看啥像啥

天地人鬼神都齐了

听不懂方言
也不敢造次

我只想寻点子虚乌有的意象
抻一抻心胸

修　辞

飞行，再夸张的修辞
也不敢说骑着群山

它体内有煤
日夜奔腾

它心中有爱
沧海桑田

我绝不是一位僭越者
岩脊滚滚

只想亲证
这洪荒的排比

一棵树的思考

清晨。路边存积雨水
映出一棵树的倒影

雨点不再急切
乌云停止波涌

呆望着
天空高远的这棵树啊

仿佛在追忆,昨夜
风雨欲来

云朵不理云朵
雷声四面楚歌

和大难临头时
一句谚语的叵测

天上的事都很慢

天上的事都很慢
就不用再谈及松懒的云了

即使你想看到
一颗星星的眨眼

也要等上一整天

神仙们都身着
永远捋不直的袍子

讲述的陈年旧事
总拖泥带水

纵然类似"劈山救母"
这样十万火急的军情

也必须先命令
大山缓慢裂开

放入一枚火红的夕阳

探照一下真相后

再说

在天空巡航

我在天空巡航
途中，有乘务加水

一杯片仔癀
换成凉白开
我看了看窗外
褐色，黑色和棕色
正漫天绚烂

人世间，多少繁华与凋敝
皆不及这天上美景

飞机仅一个坡度
天空就送达一只
——倾斜的大碗

夜观大地

这几天广播上说
华北阴雨

夜间飞越平原

湿雾,泥淖
房舍,兽厩

像一堆堆黄叶
半熏,半燃

这是富庶的平原
也是贫瘠的平原

想有钱的
想不死的

或许都曾在这里
仰望星空

独自喝咖啡的贼星

星星和星星,彼此站台
但并不熟络

仿若"我们"或者"群众"

它们有矿石的气味
它们有裸露的寂寞

就像你在夜空中看到的
那个脱掉裤子奔走的人

不是吴刚
不是玉兔

而是方才蹲在月亮背面
独自喝咖啡的贼星

看夕阳

夕阳含铅
旧沙发和我都半躺在寂静里

一棵死而复生的植物
水鸟一样从风里找到我的肩膀

它没有提及黑暗
更没有讲述刀斧

只是拉长新生的脖子
陪我看了一会儿夕阳

应该都是好人

闪电裂开一万米的深夜
我看得到

天上打雷
地上下雨

小村庄,悬滞空山
仿若一滴墨的飘摇

惊雷,打不断鼾声
大雨,浇不灭灯火

我想
这里住的应该都是好人

看晚霞

没有平台,没有根基
很有背景

光的大刀
夜的舌头

蛊惑者终被蛊虫撕碎

晚霞,不喜绳结
敞开自己

如此安静的一瞬

盛夏正午,密林
小鸟啁啾

不急不缓
像老祖母的瞌睡

黄昏,阵雨过后
小鸟呼吸

澄澈,吹不破的
水晕

像生长,像醉意
唯独不像耳朵

在两个响雷之间
如此安静的一天

更磨人的事

曾经,飞机降落在马绍尔群岛
中途加注航油

太平洋的四面八方都联结着天际
除了这几块漂浮的头

我倚着一棵矮棕榈
嚼着一根细草,小憩
忽然想到:如果就此和岩礁
一起沉没
要游多久才能抵达岸边呢

这苍茫如铁的世界
还有多少比"上天入地"更磨人的事

云 朵

我又一次从这条航路飞过
没有遇到任何一朵昨天的云

它们没有记忆的包袱
更没有缺席或爽约

云朵有无数重门,可以随便进出
但体内碎裂的石头会发送腹语

"来吧,我是一座空城!
让你彻底感受阵亡将士的悲壮"

我无法对一朵云命名
就像人类不能诠释太阳、月亮和生命的奥义

反正,只要你一抬头
结局也只不过是几滴雨的哀伤

随 想

机翼下,白云映着凝固的山
不规则的庄寨和山路

阳光均匀
颜色素丽

此处,如果真的存在平行空间

村口是否
也有另外一个我

劈柴,钉钉子,一下一下

不看天
亦不看地

低头赶夜路的鱼

在首都机场的走廊口,我遇到
五条双尾喷烟的银鱼

它们有煤炭的力量
它们有锦鸡的翎羽

它们逆着光,游向天空的大海

日暮行营
秋风渐冷

群山垒筑起深色的宫墙

五条沉默的银鱼,依旧
在低头赶着夜路

头顶漫天繁星,心系万家灯火

又见秋蝴蝶

秋蝴蝶,捧起如约而至的霜花

失温的泥土
断骨的蔓草

大地,祭出天空一样
疲惫的破旗

每一次飞越
都仿若深绿一样的负重

是的,我与它都已失去了
风华的盛大

静泉,远山,归隐砾岩
身躯的闪电

宇宙之瞳,眨动冰川般的复眼

天空的直播间

黄昏,天空的直播间
燃起熊熊大火

没有虚拟的购物车
也没有带货的高音喇叭

尘世的浮华
仿佛被埋进万米的冻土

仅有那弯冷峻的钩月
挂起偌大的星篷

此刻,我忽然意识到
天空的直播间

只云售亿万芒辉的安静
不给任何喧嚣的人积分

下垂的时间
XIACHUI DE SHIJIAN

图书在版编目（CIP）数据

下垂的时间 / 王峰著. --桂林：广西师范大学出版社，2022.8
 ISBN 978-7-5598-5052-2

Ⅰ．①下… Ⅱ．①王… Ⅲ．①诗集－中国－当代 Ⅳ．①I227

中国版本图书馆 CIP 数据核字（2022）第 094973 号

广西师范大学出版社出版发行
 广西桂林市五里店路 9 号　　邮政编码：541004
　网址：http://www.bbtpress.com
出版人：黄轩庄
全国新华书店经销
湛江南华印务有限公司印刷
 广东省湛江市霞山区绿塘路 61 号　　邮政编码：524002
开本：635 mm×965 mm　1/16
印张：18.25　　插页：6　　字数：53 千
2022 年 8 月第 1 版　　2022 年 8 月第 1 次印刷
定价：59.00 元

如发现印装质量问题，影响阅读，请与出版社发行部门联系调换。